Die Knickerbocker-Bande

Thomas Brezina

Im Dschungel verschollen

Krimiabenteuer Nr. 26

Mit Illustrationen von Jan Birck

Ravensburger Buchverlag

DIE KNICKERBOCKER-BANDE

STECKBRIEFE

HALLO,
ALSO HIER MAL IN KÜRZE DAS WICHTIGSTE ÜBER UNS:

POPPI

NAME: Paula Monowitsch
COOL: Tierschutz
UNCOOL: Tierquäler, Angeber
LIEBLINGSESSEN: Pizza (ohne Fleisch, bin Vegetarierin!!!)
BESONDERE KENNZEICHEN: bin eine echte Tierflüsterin – bei mir werden sogar Pitbulls zu braven Lämmchen

DOMINIK

NAME: Dominik Kascha
COOL: Lesen, Schauspielern (hab schon in einigen Filmen und Theaterstücken mitgespielt)
UNCOOL: Erwachsene, die einen bevormunden wollen, Besserwisserei (außer natürlich, sie kommt von mir, hähä!)
LIEBLINGSESSEN: Spaghetti (mit tonnenweise Parmesan!)
BESONDERE KENNZEICHEN: muss immer das letzte Wort haben und kann so kompliziert reden, dass Axel in seine Kappe beißt!

AXEL

NAME: Axel Klingmeier
COOL: Sport, Sport, Sport (Fußball und vor allem Sprint, bin Schulmeister, habe sogar schon drei Pokale gewonnen)
UNCOOL: Langweiler, Wichtigtuer
LIEBLINGSESSEN:
Sushi … war bloß ’n Witz (würg), also im Ernst: außer Sushi alles! (grins)
BESONDERE KENNZEICHEN:
nicht besonders groß, dafür umso gefährlicher (grrrrrr!)

LILO

NAME: Lieselotte Schroll
(nennt mich wer Lolli, werde ich wild)
COOL: Ski fahren, Krimis
UNCOOL: Weicheier, Heulsusen
LIEBLINGSESSEN:
alles, was scharf ist, thailändisch besonders
BESONDERE KENNZEICHEN:
blond, aber unheimlich schlau (erzähl einen Blondinenwitz und du bist tot …)

Bibliografische Information der Deutschen Nationalbibliothek:

Die Deutsche Nationalbibliothek verzeichnet diese Publikation
in der Deutschen Nationalbibliografie.
Detaillierte bibliografische Daten sind im Internet
über *http://dnb.d-nb.de* abrufbar.

1 2 3 4 5 13 12 11 10 09

Umschlagillustration: Jan Birck
Printed in Germany
ISBN 978-3-473-47152-2

www.ravensburger.de
www.thomasbrezina.com
www.knickerbocker-bande.com

INHALT

IM STURZFLUG

Der Motor des Sportflugzeugs stotterte und gab hustende Geräusche von sich.

„He … da stimmt was nicht!“, schrie Poppi Lilo ins Ohr, die neben ihr in der kleinen Maschine saß. Aber das Superhirn der Knickerbocker-Bande hörte ihr nicht zu. Lilo war viel zu sehr vom wuchernden Grün des Regenwaldes fasziniert, der sich weit unter ihnen erstreckte.

Die vier Knickerbocker-Freunde flogen in ungefähr eintausendfünfhundert Metern Höhe über dem Dschungel dahin, dessen riesengroße Bäume aus dieser Entfernung zu einem Teppich herrlicher Grüntöne verschmolzen. Unterbrochen wurde das Blättermeer nur durch einige breite Flüsse, die sich wie riesige braune oder blaue Schlangen durch den Wald zogen.

Poppis Verdacht bestätigte sich bereits wenige Sekunden später.

Mit dem Flugzeug war wirklich etwas nicht in Ordnung. Das Dröhnen des Propellers setzte mehrere Male aus und die Maschine sackte in diesen Augenblicken ab, als würde sie in ein Loch fallen.

„Was ist hier los?", schrie Axel.

Duarte, der brasilianische Pilot, antwortete ihnen nicht. Er umklammerte krampfhaft das Steuer und versuchte, die Maschine hochzuziehen. Doch sie gehorchte ihm nicht. Sosehr er sich auch bemühte, die Nase des Flugzeugs zeigte immer tiefer nach unten. Es stürzte ab!

Die vier Knickerbocker krallten sich an ihren Sitzen fest und starrten mit weit aufgerissenen Augen zur Erde, auf die sie nun mit ungeheurem Tempo zurasten.

Duarte drückte immer wieder die Sprechfunktaste und versuchte, mit einem Fluglotsen Kontakt aufzunehmen.

„Mayday! Mayday!", schrie er in das Mikrofon, das mit einem Bügel an seinen Kopfhörern befestigt war.

Dass das der internationale Notruf im Funksprechverkehr war, brauchte man keinem der vier Freunde zu erklären.

Duarte hämmerte auf die Funktaste und schrie etwas auf Portugiesisch. Obwohl die Detektive kein Wort verstanden, war ihnen klar, dass er ihre Position durchgeben wollte.

Mittlerweile war der Motor ganz verstummt. Das Flugzeug fiel wie ein Stein vom Himmel. Der Schock der Knickerbocker war so groß, dass sie nicht einmal schreien konnten. Der Himmel, der Regenwald und das Innere der Maschine verschwammen vor ihren Augen zu einem einzigen Schreckensstrudel, aus dem es kein Entrinnen zu geben schien.

Duarte hatte Nerven aus Stahl. Hektisch drückte er verschiedene Knöpfe auf dem schwarzen Armaturenbrett und betätigte Schalter um Schalter. Die Anzeige des Höhenmessers ließ keinen Zweifel daran, dass das Flugzeug dem Boden rasend schnell näher kam.

Das Brausen der Luft steigerte sich zu einem grauenhaften Dröhnen. Die Herzen der Knickerbocker pochten wie wild. Die ungeheure Hilflosigkeit, die Axel, Lilo, Poppi und Dominik erlebten, raubte ihnen fast das Bewusstsein.

Duarte bückte sich und griff unter das Steuer.

„Reiß hier dran!“, forderte er Axel auf und zeigte auf einen schwarzen Knopf am Armaturenbrett, der an einer dünnen Stange befestigt war.

Axel hatte beobachtet, dass der Pilot mit diesem Knopf die Tourenzahl des Motors einstellen konnte. Wie befohlen zerrte er daran und Duarte rüttelte gleichzeitig an einem Griff bei seinen Füßen.

Das Geräusch, das daraufhin ertönte, klang in den Ohren der Knickerbocker wie der beste Song aller Zeiten. Der Motor gab wieder ein Lebenszeichen von sich. Ja, er schien sogar angesprungen zu sein! Der Propeller drehte sich und bald war an der Spitze des Flugzeugs die hellbraune Scheibe zu sehen, zu der die Propellerblätter bei hoher Drehgeschwindigkeit optisch verschwammen.

Doch noch war der Sturzflug nicht gestoppt. Das Flugzeug raste weiterhin – die Nase steil nach unten gerichtet – auf den Regenwald zu.

Duarte zitterte am ganzen Körper und Schweiß strömte über sein dunkles Gesicht. Ganz offensichtlich bemühte er sich sehr, Ruhe zu bewahren und richtig zu handeln. Abermals zog er mit aller Kraft das Steuer gegen seine Brust.

„Heb dich, Nase, heb dich!“, flehte Poppi, die sich die Augen zugehalten hatte, jetzt aber einen Blick riskierte.

Die Knickerbocker spürten, wie die Maschine langsam in die waagerechte Lage zurückkehrte. Der Absturz war verhindert worden. Ruhig, als wäre nichts gewesen, glitt das Flugzeug durch die Luft.

„Jipiiii!“, jubelten die vier, deren Kehlen vor Angst trocken und rau geworden waren.

Duarte sah allerdings keinen Grund zum Feiern. „Ruhe!“, brüllte er. „Ruhe! Wir müssen landen … in den nächsten fünf Minuten. Wir haben keinen Treibstoff mehr. Ich habe zum Glück einen Nottank eingebaut und ihn gerade noch öffnen können. Aber auch er ist fast leer.“

Augenblicklich kehrte Schweigen ein. Die Detektive und der Pilot starrten aus den Fenstern. Wo sollten sie hier im dicht bewachsenen Regenwald aufsetzen?

Als letzter Ausweg blieb der Fluss, aber sie waren nicht in einem Wasserflugzeug unterwegs. Wie die Knickerbocker wussten, konnte eine derartige Landung katastrophale Folgen haben. Die Wasseroberfläche war bei einem heftigen Aufprall so hart wie eine Betonplatte. Abgesehen davon wimmelte es in den Flüssen des Regenwaldes von Schlangen und Krokodilen.

NOTLANDUNG

„Dort … schaut doch!“, rief Dominik plötzlich.

Auf den ersten Blick konnten seine Freunde nicht glauben, was er entdeckt hatte.

Unter ihnen war eine große hellbraune Lichtung zu erkennen.

Offensichtlich handelte es sich um keine natürliche Lichtung. Sie war kreisrund, als hätte sie jemand mit einem Zirkel gezeichnet. Eine breite Schneise, die die Form eines Pfeils hatte, führte von ihr weg. Aus der Luft betrachtet, erinnerte die Lichtung an eine riesige Markierung, die jemand in den Regenwald geschlagen hatte. Ob der Pfeil eine Bedeutung hatte? Zeigte er auf etwas?

Duarte kreiste über dem rätselhaften Ort und

prüfte den Boden, der trocken und ziemlich eben zu sein schien. Wahrscheinlich waren nicht nur die Bäume gefällt, sondern auch alle Wurzelstöcke abgebrannt worden.

Die Knickerbocker wussten von Poppis Vater, dass auf diese Weise bereits große Teile des Regenwaldes in Ackerland umgewandelt worden waren, das sich dann aber oft als unfruchtbar erwiesen hatte und bald wieder brach und verlassen dalag. Doch wer hatte diese seltsame Form in den Wald geschlagen? Es blieb keine Zeit, darüber nachzudenken.

„Zieht eure Sicherheitsgurte so fest wie möglich!", befahl der Pilot. „Wenn ich es euch sage, legt ihr den Kopf auf die Knie und schützt ihn mit den Armen. Ich weiß nicht, wie holprig der Boden da unten ist. Die Landung wird vermutlich sehr hart werden. Hoffentlich habe ich genug Platz, um die Maschine zum Stehen zu bringen, sonst krachen wir in einen Baum. Sollte das geschehen, Sicherheitsgurte sofort öffnen und nichts wie raus! Falls einer bewusstlos wird, muss er gleich aus dem Flugzeug gezogen werden. Es besteht höchste Explosionsgefahr! Und jetzt drückt die Daumen – das bringt vielleicht Glück!"

Die Detektive schluckten. Das waren ja tolle Aussichten! Auf diesem Flug jagte ein Schreck den anderen. Kaum wiegten sie sich für einige Minuten in Sicherheit, geschah das nächste Unglück. Die Chance, die Notlandung heil zu überstehen, schien nicht allzu groß zu sein.

Duarte drehte einige enge Kurven über der seltsamen Lichtung. Er war noch etwa fünfzig Meter vom Boden entfernt und versuchte jedes Detail der Landestelle zu erkunden.

Ein großer Wurzelstock, der sich womöglich mitten auf der Piste befand, würde für die Passagiere den sicheren Tod bedeuten.

„Wir müssen es wagen!", brüllte der Pilot. „Runter mit den Köpfen!"

Das war leichter gesagt als getan. Im Innenraum war kaum Platz. Axel, Lilo, Poppi und Dominik mussten einige Verrenkungen anstellen, um ihre Köpfe auf die Knie zu bekommen. Schützend legten sie die Arme darüber und flehten, dass alles klappen möge.

Das Dröhnen des Flugzeugs wurde tiefer. Diesmal lag es aber daran, dass Duarte den Motor drosselte und im Steilflug auf die Lichtung zusteuerte. Er musste jeden Zentimeter ausnutzen und wollte deshalb so knapp wie möglich hinter den Bäumen aufsetzen. So blieb ihm eine längere Strecke zum Ausrollen.

Als sich die Maschine nur noch zwei Meter über der Erde befand, brachte sie der Pilot in die waagerechte Position und stoppte gleichzeitig den Propeller. Der Motor verstummte, das Flugzeug sackte ab und in der nächsten Sekunde prallten die Gummireifen auf den Boden.

Das Fahrgestell krachte und ächzte, als würde es jeden Moment auseinanderbrechen. Die Schweißnähte wurden auf eine harte Zerreißprobe gestellt, die sie unter lautem Quietschen und Knacken bestanden. Staubwolken stiegen auf und vernebelten die Sicht. Duarte war ausschließlich auf sein Feingefühl und seinen Orientierungssinn angewiesen, als das Flugzeug über die Lichtung auf die Pfeilschneise zuschoss.

Der Pilot klappte die Höhenruder voll auf und blockierte gleichzeitig die Räder.

Sie kamen den Bäumen, die am Ende des Landeplatzes standen, entsetzlich schnell näher.

Es blieben nur noch ein paar Meter, um die Maschine zum Stillstand zu bringen.

Wie ein Gummiball hüpfte der Flieger über die

Unebenheiten des Bodens und seine Insassen wurden brutal durchgeschüttelt.

„Noooo!“, schrie Duarte, als er erkannte, dass er die Bremsung nicht unfallfrei schaffen würde.

Der Pilot riss das Steuer nach links. Ein Knirschen ertönte und darauf folgte ein heftiger Ruck. Die Maschine stand still.

Ein gefällter Baumstamm, der quer am Rande der Pfeilschneise lag, hatte sie endgültig gestoppt.

„Raus, kommt ... wir müssen weg ... sicher ist sicher!“, befahl Duarte und rüttelte die zusammengekauerten Knickerbocker.

Mit zitternden Fingern lösten die vier die Verschlüsse der Sicherheitsgurte und ließen sich aus dem Flugzeug plumpsen. Heiße, sehr feuchte Luft schlug ihnen entgegen und erschwerte im ersten Augenblick das Atmen.

„Los, in Deckung!“, kommandierte der Pilot und zerrte Poppi und Axel am Arm. Er zog sie von der engen Schneise zur kreisförmigen Lichtung.

Lilo und Dominik taumelten benommen hinterher. Das blau-weiß gestrichene Sportflugzeug ließen sie dabei nicht aus den Augen.

„Es könnte explodieren!“, erklärte Duarte. „Wir warten besser!“

„Gute … gute Landung!“, stieß Axel hervor und starrte den Mann mit glasigen Augen an. Er konnte gar nicht fassen, was er in der letzten halben Stunde alles erlebt hatte.

Der Pilot nickte. „Es war ein kleines Wunder. Viel hätte nicht gefehlt und wir wären in den Wald gekracht. Die Tragflächen wären abgebrochen – und dann gute Nacht!“

Seine Worte führten der Bande das Schicksal vor Augen, dem sie gerade entgangen waren.

„Von uns gäbe es nur noch eine schwarze Rauchwolke!“, fügte Duarte hinzu.

„Wo … wo sind wir hier eigentlich?“, stammelte Dominik und sah sich um.

„Na, wo schon? Im brasilianischen Regenwald, du Dummgummi!“, fuhr ihn Lilo an.

„Das weiß ich auch, du Zopfziege!“, schnauzte Dominik zurück. „Aber ich frage mich, was diese geheimnisvolle Lichtung zu bedeuten hat.“

Darauf wusste keiner eine Antwort.

Duarte meinte: „Sie muss vor nicht allzu langer Zeit geschlagen worden sein, sonst wäre sie mir schon früher aufgefallen. Ich habe dieses Gebiet mehrfach überflogen.“

Axel räusperte sich und sagte: „Möglicherweise

ist die Lichtung aus großer Höhe nicht so gut zu erkennen. Heute warst du doch besonders tief!"

Der Pilot schwieg.

„Warum hat eigentlich der Motor ausgesetzt?", fragte Poppi mit piepsiger Stimme.

Duarte wischte sich den Schweiß vom Gesicht und brummte: „Das würde ich auch gern wissen. Beim Start hatten wir genug Treibstoff, aber plötzlich war er verbraucht. Außerdem ist der Sprechfunk abgerissen. Warum? Ich weiß es nicht. Das Höhenruder hat ohne erkennbaren Grund geklemmt und war eine Zeit lang nicht zu betätigen. Auf einmal ließ es sich dann wieder steuern. Das soll einer verstehen ..."

Dominik sah den Brasilianer entsetzt an: „Hast du gerade gesagt, dass die Funkverbindung abgerissen ist?"

Duarte nickte.

„Bedeutet das, du konntest den Notruf und unsere Landeposition nicht mehr an eine Flugwarte durchgeben?"

Mit ernstem Gesicht nickte Duarte abermals. „So ist es. Keiner weiß, wo wir sind."

„Das heißt, dass uns auch keiner finden kann", murmelte Lilo.

Die Knickerbocker-Bande und der Pilot waren für den Rest der Welt spurlos im Dschungel verschollen.

DUARTES ENTDECKUNG

Dieser Gedanke schien den Detektiven die letzten Kräfte aus den Muskeln zu saugen. Verzweifelt und entmutigt ließen sie sich auf den Boden sinken.

„Vorsicht!“, warnte Duarte sie. „Seht immer zuerst nach, ob ihr euch nicht auf eine Schlange setzt. Hier im Urwald gibt es viele davon und die meisten sind giftig.“

Wie von der Tarantel gestochen, sprangen die vier Freunde sofort wieder auf und suchten verschreckt den Boden ab.

„Entwarnung!“, sagte Axel schließlich. „Hier ist keine Schlange.“

Trotzdem hielten es die Bandenmitglieder für sicherer, einen der gefällten Baumstämme, die am

Rand der Lichtung lagen, in die Mitte des Platzes zu ziehen und sich daraufzusetzen. Duarte marschierte vor ihnen auf und ab und bearbeitete dabei nachdenklich sein Kinn.

„Was … was machen wir denn jetzt?", fragte Lilo zaghaft.

Der Pilot schwieg.

„Weißt du, wie weit es bis zur nächsten Siedlung ist?", wollte Dominik wissen.

Duarte schien ihnen gar nicht zuzuhören.

„Hier muss es doch Menschen geben! Schließlich hat irgendjemand diesen seltsamen Platz angelegt!", meinte Axel.

„Der Pfeil!", rief Dominik. „Er könnte in die Richtung weisen, die wir einschlagen sollen, um auf eine Ansiedlung zu stoßen!"

Lilo verdrehte genervt die Augen und schnaubte: „Quatsch nicht so hochgestochen, Professor!"

„Ich rede so, wie es mir gefällt. Und statt dich über meine Sprechweise aufzuregen, solltest du besser meine Idee aufgreifen und weiterentwickeln!", schimpfte Dominik und rückte seine Brille zurecht.

Duarte stapfte ohne ein erklärendes Wort zum Flugzeug. Er rüttelte an den Tragflächen und suchte sie Zentimeter für Zentimeter ab. Danach kroch er in die Kabine. Als er zurückkehrte, war sein Gesichtsausdruck mehr als ernst.

„Jemand hat Löcher in die Tragflächen gebohrt!“, sagte er.

Die Knickerbocker wussten nicht, was das zu bedeuten hatte.

„In den Tragflächen ist der Tank des Flugzeugs untergebracht. So haben wir also den größten Teil des Treibstoffes verloren“, erklärte Duarte. „Außerdem wurde ein Zeitschalter im Funkgerät eingebaut. Der hat es um Punkt fünfzehn Uhr durch einen starken Stromstoß zerstört. Wir können also weder starten noch funken!“

„Aber ... das heißt, jemand will, dass wir im Dschungel verschwinden!“, meinte Lilo leise.

Der Pilot gab ihr Recht.

„Aber warum? Hast du etwas Wertvolles an Bord? Rede schon, verheimlichst du uns etwas?“, fuhr Lilo ihn an.

Duarte starrte sie entgeistert an. „*Ich?* Nein! Wie kommt ihr denn auf diese Idee? Ich bin Pilot, sonst nichts. Eure Eltern haben euch einen Rundflug über den Regenwald spendiert und den habt ihr auch bekommen“, verteidigte er sich.

Den Besuch in Brasilien verdankten die Knickerbocker Poppis Vater, der wieder einmal auf einer Forschungsreise war. Er hatte nicht nur seine Familie, sondern auch die Freunde seiner Tochter mitgenommen.

Das Ziel der Reise war ein winziger Ort am Amazonas. Außer mehreren Forschungsstationen, die sich mit der Abholzung des Regenwaldes beschäftigten, gab es hier nichts. Daher war die Freude der Bande groß gewesen, als Herr Monowitsch den Flug über den Regenwald gebucht hatte. Er sollte ein wenig Abwechslung in die eher eintönigen Ferien bringen.

Duarte hatte sich als Pilot angeboten. Er sprach fließend Deutsch, da er als Kind sowohl die Landessprache Portugiesisch als auch die Muttersprache seines ursprünglich aus Deutschland stammenden Vaters gelernt hatte.

Auf der rätselhaften Lichtung war tiefes Schweigen eingekehrt. Die Detektive musterten die hohen Baumstämme, die sich um den kreisrunden Platz erhoben, und ließen ihre Blicke in die pfeilförmige Schneise schweifen. Was verbarg sich wohl im Wald? Wie sollten sie je wieder von hier fortkommen? Von der Ansiedlung der Forscher waren sie mindestens siebenhundert Kilometer entfernt. Eine Strecke, für die sie zu Fuß selbst auf guten Landstraßen viele Tage brauchen würden. An die zahllosen Gefahren des Urwaldes wollten sie gar nicht erst denken.

„Und wie soll es jetzt weitergehen?“, fragte Lilo.

Duarte setzte sich zu ihnen auf den Baumstamm und ließ sein Gesicht mit dem schwarzen Stoppelbart in die Hände sinken. Er strich sich mehrere Male über das schweißnasse Haar und meinte schließlich: „Bereitet euch auf eure erste Nacht im Dschungel vor.“

Poppi, die sonst wirklich eine große Tierfreundin war, geriet in Panik. „Aber hier wimmelt es doch von Jaguaren und Pumas ... die werden uns anfallen!“, schrie sie. „Außerdem gibt es viele Insekten, die gefährliche Krankheiten übertragen, und ... und ... wir werden verdursten. Wir haben kein Wasser mit ... und verhungern werden wir auch ...“

„Ruhig, Poppi, reg dich ab, es bringt nichts, wenn du ausflippst!“, versuchte Lilo das jüngste Mitglied der Bande zu beschwichtigen.

Laut schluchzend klammerte sich Poppi an ihre Freundin. Es war alles so aussichtslos!

Axel, Dominik und Lilo schluckten heftig. Sie hätten auch am liebsten losgeheult. Vor ihren Augen tauchte das Schreckensbild auf, nie mehr aus dem Dschungel herauszufinden und hier umzukommen.

Duarte fingerte in den Taschen seines kakifarbenen Hemdes und durchwühlte seine Hosentaschen. Die Ausbeute war nicht groß: ein Feuerzeug, ein

Taschenmesser, ein paar Kaugummis und ein Kugelschreiber, in dessen hinteres Ende ein winziger Kompass eingelassen war.

„Poppi, keine Angst, du wirst nicht gleich verhungern!“, meinte der Mann.

Die Worte „nicht gleich“ waren für die Knickerbocker schlimmer als ein Peitschenschlag, bedeuteten sie doch, dass sie hier tatsächlich bald zugrunde gehen würden.

Als Duarte die entsetzten Gesichter bemerkte, verbesserte er sich: „Ich wollte sagen, ich habe immer etwas Essbares und einen Kanister mit Wasser in meinem Flugzeug. Die Vorräte reichen für zwei Tage, wenn wir sie gut einteilen. In zwei Tagen kann viel geschehen. Da können wir auch gefunden werden. Und die wilden Tiere halten wir uns mit einem Feuer vom Leibe. Holz gibt es genug. Wir werden in der Mitte der Lichtung Äste aufschichten und anzünden. Feuer schreckt Raubtiere ab“, versprach der Brasilianer. „Falls jemand in der Nacht das Gebiet überfliegt, können wir mithilfe einer Decke auch SOS-Lichtzeichen geben. Übrigens können zwei von euch im Flugzeug übernachten.“

Poppi nickte dem Piloten dankbar zu. Das war wenigstens etwas.

„Los, kommt! Helft mir, Holz zu sammeln. Aber achtet auf jeden Schritt!“, sagte Duarte warnend.

Als er sich erhob, packte ihn Axel, der neben ihm saß, am Arm. „Pssst … dort … dort zwischen den Büschen … da ist jemand … mit bunten langen Federn auf dem Kopf!“

Die Knickerbocker und der Pilot schossen hoch und starrten in die Richtung, in die Axel zeigte.

PROFIS AM WERK

„Ich sehe nichts!“, sagte Dominik.

„Ich auch nicht!“, verkündete Lilo, deren Stimme ungewohnt mutlos und schwach klang.

Poppi schwieg und ließ sich wieder auf den Baumstamm sinken.

Duarte legte Axel tröstend eine Hand auf die Schulter. „Das war sicher nur ein Papagei, ein bunter Papagei“, sagte er seufzend.

Axel wurde rot vor Wut. „Ihr blöden Stinker, ich kann doch noch einen Papagei von einem Menschen unterscheiden. Und ich bin sicher, da war jemand. Der Typ hatte Federn auf dem Kopf. Sie haben wie eine Krone ausgesehen, nicht wie ein Indianer-Kopfschmuck. Der Kerl ist kurz zwischen den Büschen aufgetaucht, und als ich ihn angeschaut habe, ist er sofort in Deckung gegangen!“

Duarte gab der Bande ein Zeichen, sich ruhig zu verhalten, und schlich geduckt zu der Stelle, an der Axel den Unbekannten gesehen haben wollte. Der Pilot hob einen dicken Ast vom Boden auf und schlug damit auf das Gebüsch ein, hinter dem Axel den Mann mit den Federn vermutete. Kopfschüttelnd kam er zurück.

„Da ist keiner und da war auch keiner!“, sagte Duarte.

Axel holte lautstark Luft. Er hasste es, wenn man ihm nicht glaubte.

Eine halbe Stunde später loderte ein hohes Feuer inmitten der Rodung. Zum Schutz hatten die vier Freunde große Steine rund um die Feuerstelle gelegt, damit sich die Flammen nicht ausbreiten und den Holznachschub entzünden konnten.

Gierig nahm jeder einen kräftigen Schluck aus der Wasserflasche.

„Mehr!“, bettelte Axel, aber Duarte blieb hart. „Wir müssen das Wasser einteilen!“

Durch den Schock und das anstrengende Holzsammeln waren die vier Freunde äußerst durstig geworden. Ein Schluck Wasser war wie der berühmte

Tropfen auf den heißen Stein. Hunger verspürten sie hingegen keinen.

„Wann wird es dunkel?“, erkundigte sich Axel.

„Gegen zwanzig Uhr, also in ungefähr vier Stunden!“, antwortete der Pilot. Er wischte sich immer wieder unruhig über seine Hose und schien mit sich zu kämpfen.

„Ist was?“, wollte Lilo wissen. Sie warf dem Mann einen misstrauischen Blick zu. Was hatte er?

Duarte grinste verlegen und schüttelte den Kopf. „Nein, nichts!“, stieß er hervor, erhob sich und schlenderte zum Flugzeug.

Lilo wurde unruhig und folgte ihm. „Duarte … was hast du denn? Dir ist etwas eingefallen, nicht wahr?“

Der Pilot beugte sich zu ihr und flüsterte: „Los, tu so, als würdest du mit mir im Flugzeug nach etwas suchen. Die anderen sollen nichts merken.“

Lilo öffnete gehorsam die rechte Einstiegsluke, Duarte beugte sich durch die linke. Auf diese Weise konnten die beiden miteinander reden, ohne dass der Rest der Bande etwas davon mitbekam.

„Erst gestern hat mir jemand erzählt, dass in dieser Gegend bereits zwei Flugzeuge verschwunden sind. Spurlos. Es wurde nach ihnen gesucht, aber keines wurde gefunden. Und die Piloten hatten keinen Notruf ausgesandt. Sie sind samt ihren Fluggästen im Dschungel verschollen. Zwei andere Maschinen sind Tage nach ihrem Abflug weit von ihrem Ziel entfernt auf einem Flugplatz gelandet. Die Piloten standen unter Drogen, die sie nicht freiwillig genommen hatten. Ihre Passagiere waren verschwunden. Sie selbst konnten sich an nichts erinnern und waren eine Zeit lang sehr verwirrt."

Lilo spürte, wie das Blut aus ihrem Kopf wich. „Wieso … wieso erzählst du mir das alles?", fragte sie. „Ich … ich … komme ohnehin schon um vor Angst. Duarte … was … was sollen wir machen?"

Der Mann legte ihr beruhigend eine seiner großen, kräftigen Hände auf den Arm. „Du hast mich gefragt und ich habe dir geantwortet", meinte er entschuldigend. „Glaubst du, ich fürchte mich nicht? Das ist für mich der größte Albtraum, der Wirklichkeit werden konnte."

„Lilo, ist was?", rief Axel von der Feuerstelle. Lilo kroch aus dem Flugzeug und verneinte.

Duarte kramte eine Mehrzweckschaufel unter seinem Sitz hervor, die man auch als Säge und als Hammer verwenden konnte.

„Ich versuche, ein Stückchen in den Wald zu gehen ... in die Richtung, in die der Pfeil zeigt", sagte er. „Keine Sorge, ich bleibe in der Nähe."

Mit diesen Worten entfernte sich der Pilot. Die Schaufel verwendete er wie ein Buschmesser. Er schwang sie vor sich hin und her und bahnte sich so einen Weg durch das Dickicht. Gleichzeitig sollten dadurch auch die Schlangen vertrieben werden.

Lilo kehrte zu ihren Freunden zurück. Stumm starrten Poppi und Dominik ins Feuer. Axel fixierte die Stelle am Waldrand, an der er den rätselhaften Unbekannten gesehen hatte. Er wollte ihn nicht verpassen, falls er wieder erschien. Lilo lief unruhig auf und ab. Sie hoffte auf Rettung, wusste aber, dass die Chancen mehr als schlecht standen.

Mit den Worten „Da bin ich wieder!" meldete sich Duarte zurück.

„Und? Hast du etwas entdeckt?" Gespannt blickten ihn die vier an.

Der Pilot nickte. „Ich kann nicht beurteilen, ob es etwas Gutes oder etwas Schlechtes zu bedeuten hat", begann er. Langsam und möglichst schonend brachte er dann Axel, Poppi und Dominik die Geschichte der verschwundenen Flugzeuge bei.

„Die Maschinen, die nicht mehr aufgetaucht sind, befinden sich hier im Wald", berichtete er. „Sie wurden mit grünen Planen abgedeckt und sind deshalb so gut wie unsichtbar. Die beiden scheinen ebenfalls in dieser Schneise gelandet zu sein. Nur ein paar Meter von meinem Flugzeug entfernt sind die Maschinen in den Wald geschoben worden. Sie machen einen intakten Eindruck. Die Funkgeräte hat man allerdings ausgebaut. Piloten, Fluggäste und alle nur irgendwie brauchbaren Sachen müssen weggebracht worden sein."

Die Frage war, von wem?

„Das ist aber noch nicht alles", setzte Duarte fort. „Ich weiß jetzt, wieso mir diese seltsame Lichtung noch nie aufgefallen ist."

Die Knickerbocker-Freunde horchten auf.

„Weil sie normalerweise abgedeckt wird. Mit grünen Tarnnetzen. Die Netze liegen bei den Flugzeugen, die ich gefunden habe. Sie sind zu großen Ballen zusammengerollt worden."

Lilo murmelte: „Das hört sich alles nach Profis an, die Flugzeuge abfangen. Aber wozu haben sie uns runtergeholt?"

„Ich nehme an, wir werden diese Profis bald kennenlernen", sagte Duarte trocken.

Die Ungewissheit, in der sich die Knickerbocker-Bande befand, war schlimmer als jede Folter.

In den folgenden Stunden schreckten die vier bei jedem Vogelschrei, Knacken eines Astes oder Rascheln eines Blatts auf und hielten ängstlich nach denjenigen Ausschau, die sie in diese Falle gelockt hatten. Aber sie ließen sich nicht blicken.

Noch nicht!

UNSICHTBARE AUGEN

Die Nacht brach an. Poppi und Dominik nahmen dankbar das Angebot ihrer Freunde an, die Plätze im Flugzeug zum Schlafen zu benutzen. Axel und Lilo hatten vor, es sich auf einer schmutzigen Decke vor der Maschine halbwegs bequem zu machen. Duarte wollte Wache halten.

Es dauerte lange, bis Lilo und Axel in einen leichten Schlaf sanken. Kurz vor Mitternacht spürte Lilo an ihrem Arm etwas Kaltes. Sie versuchte, es wegzuwischen, und ertastete einen dünnen Körper.

Eine Schlange!, schoss es ihr durch den Kopf. Entsetzt stieß sie das Tier von sich und wollte sich wegrollen, aber die Schlange hatte sich bereits um sie geschlungen.

Es handelte sich um eine Würgeschlange, die dafür bekannt war, ihre Beute zu erdrücken.

„Hilfe!“, keuchte Lilo und warf sich hin und her.

Keine Chance! Die Schlange ließ sich nicht mehr abschütteln. Sie hatte Lilo so geschickt umwickelt, dass es kein Entkommen gab. Der lange, muskulöse Schlangenkörper wurde bei dem Angriff hart wie Stahl.

In letzter Not riss Lilo den Mund weit auf und biss die Schlange mit aller Kraft. Ein hoher Schrei ertönte und … sie erwachte.

Lilo hatte einen Albtraum gehabt.

In Wirklichkeit war Poppi zu ihr gekommen und hatte sich an sie gekuschelt. Einen Arm hatte sie Schutz suchend um Lilo gelegt. Jammernd rieb sich das jüngste Mitglied der Bande die schmerzende Stelle.

„Auaaaa! Was soll das? Wieso hast du das gemacht?“, beschwerte sich Poppi.

„Entschuldigung … ich … ich habe dich für eine Schlange gehalten!“, stammelte Lilo.

Auch Dominik war zu seinen Freunden zurückgekehrt.

„Im Flugzeug ist es so heiß, wir haben keine Luft gekriegt!“, erzählte Poppi leise.

„Duarte, was ... was tut sich?“, fragte Lilo den Piloten. Sie erhielt keine Antwort. Der Mann war eingeschlafen. Er lag mit dem Kopf auf dem Baumstamm und atmete schwer.

Die vier Freunde fassten einander an den Händen und lauschten. Sie versuchten herauszufinden, ob sich rund um sie etwas Verdächtiges tat. Waren die unbekannten Ganoven, die den Absturz verursacht hatten, bereits in der Nähe?

Das Feuer prasselte und knisterte. Aus dem dichten Grün des Dschungels drangen vereinzelt Vogelschreie. In den Baumkronen knackten da und dort Zweige. Es klang so, als würde ein Faultier seine Wanderung im Zeitlupentempo fortsetzen.

„Ko... kommen wir je von hier weg?“, flüsterte Poppi.

„Jaja, bestimmt, das spüre ich!“, log Lilo.

„Ich habe solchen Durst, ich halte es nicht mehr aus!“, jammerte Axel. „Glaubt ihr, ich darf mir Wasser aus der Flasche nehmen?“

Dominik war nicht einverstanden. „Du musst Duarte fragen. Außerdem will ich dann auch etwas abbekommen!“

„Quatsch, wir trinken jetzt einfach!“, keuchte Axel, dessen Zunge am Gaumen klebte.

Er rappelte sich auf und knipste seine kleine Taschenlampe an, die er als Detektiv stets bei sich trug. Langsam und zögernd begann er, zum Flugzeug zu stolpern, wo der Pilot die Wasserflasche und die Tasche mit Konservendosen aufbewahrte.

Kaum hatte er einige Schritte gemacht, setzte rund um ihn ein heftiges Rascheln ein. Axel blieb wie angewurzelt stehen und leuchtete das Buschwerk am Rande der Lichtung ab. Dort bewegte sich doch etwas! Der Lichtkreis glitt über die Blätter und Äste, fiel aber weder auf ein Tier noch auf ein menschliches Wesen. Er atmete einige Male tief durch und setzte seinen Weg fort.

Sofort bewegten sich die Büsche wieder. Als er abermals stehen blieb, verstummten auch die Geräusche. Axel war schon ganz krank vor Angst. Er konnte sich kaum auf den Beinen halten. Sein Magen schmerzte und seine Arme schienen keine Muskeln mehr zu haben. Wer lauerte im Gebüsch? Ein Raubtier, das sich an ihn heranpirschte, oder ein Mensch? Axel hatte das Gefühl, von mindestens hundert Augen beobachtet zu werden.

Axel wollte nur noch zurück zu den anderen. Er musste alle Kraftreserven aufbieten, um sich umzudrehen. Geschockt zuckte er zusammen. Seine drei Freunde und Duarte waren nicht mehr allein. Etwa ein Dutzend Männer, die Arm- und Schulterpanzer, Lendenschurze und hohe Federkronen trugen, hatten sie umstellt. Jede der Gestalten hielt ein Blasrohr auf die Gefangenen gerichtet. In der anderen Hand hatten sie Fackeln, die aber nicht entzündet waren. Die Männer mussten sich hinter Axels Rücken an seine Freunde herangeschlichen und sie umringt haben. Axel kämpfte mit sich. Sollte er den anderen zu Hilfe eilen oder besser die Flucht ergreifen und später versuchen, die vier zu befreien?

Die Entscheidung wurde ihm abgenommen. Hinter den Büschen, in denen er das Rascheln gehört hatte, waren ebenfalls Krieger aufgetaucht, die lange Lanzen auf ihn richteten und ihn zum Lagerfeuer zurückdrängten. Der flackernde Lichtschein ließ die harten, versteinerten Gesichtszüge der Männer noch bedrohlicher und undurchschaubarer erscheinen. Wer waren und was wollten sie? Hatten sie etwas mit dem Flugzeugabsturz zu tun?

Aus der Gruppe trat ein Krieger hervor, der in ein Jaguarfell gehüllt war und auf dessen Kopf ein Schmuck aus Knochen, einem Jaguarschädel und wehenden schwarzen Federn thronte. Er musterte die Knickerbocker von den verdreckten Turnschuhen bis zu den zerstrubbelten Haaren. Ängstlich drängten sie sich zusammen und versuchten, sich so klein wie möglich zu machen.

„Willkommen im Namen von Atalpacoa! Er begrüßt euch in seinem Reich und erwartet euch morgen zur Stunde der untergehenden Sonne!"

Axel, Lilo, Poppi und Dominik trauten ihren Ohren nicht. Der Mann, der wie ein Eingeborener aussah, sprach ihre Sprache. Sogar ohne Akzent! Sie schienen also wirklich erwartet worden zu sein. Aber wer war Atalpacoa?

„Ihr kommt mit!", befahl der Mann im Jaguargewand.

Als die Detektive zögerten, meinte Duarte: „Tut, was er sagt. Wir haben keine andere Wahl. Los, macht schon!"

Die Männer hielten ihre Fackeln ins Feuer und entflammten sie. Nach und nach wurde es auf der Lichtung heller. Die Krieger nahmen die Knickerbocker und den Piloten in ihre Mitte und setzten sich in Bewegung.

„Sind das ... Eingeborene?", zischte Lilo Duarte atemlos zu.

Der Mann hatte den Blick zu Boden gerichtet

und schüttelte leicht den Kopf. „Nein, ich weiß nicht, wer sie sind. Die Männer sind wie Azteken gekleidet. Das war ein sehr kriegerisches, ziemlich blutrünstiges Volk, das bis vor knapp fünfhundert Jahren in Mexiko lebte."

Axel glaubte, nicht recht gehört zu haben. „Vor

fünfhundert Jahren? Wieso gibt es die dann noch immer? Und was machen sie in Brasilien?"

Der Krieger im Jaguarfell drehte sich mit finsterer Miene zu den Gefangenen um und herrschte sie an, ruhig zu sein. „Reden ist euch nicht erlaubt!", schärfte er ihnen ein.

„Wohin bringen Sie uns?", fragte Axel trotzdem.

„Ihr werdet es erfahren, wenn die Zeit dafür gekommen ist! Aber jetzt kein weiteres Wort mehr!"

Stumm marschierten sie mit den Kriegern in die pfeilförmige Schneise und von dort in den Regenwald. Die Männer waren mit der Umgebung sehr vertraut. Sie gingen in die Richtung, in die der Pfeil zeigte, schoben das Buschwerk zur Seite und legten einen schmalen Trampelpfad frei. Er führte zu einem breiten Fluss, dessen Oberfläche von unzähligen winzigen Blättern bedeckt war. Am Ufer lagen fünf Kanus vertäut, die die Männer bestiegen.

Die Knickerbocker und Duarte wurden voneinander getrennt. Jeder musste in ein anderes Boot klettern. Wortlos nahmen die Krieger die Paddel zur Hand und tauchten sie ins Wasser. Wie eine Lichterprozession setzten sich die Kanus nacheinander in Bewegung.

Nach etwa zehn Minuten Fahrt hielt das letzte

Boot, in dem Dominik hockte. Zwei Männer hoben ihn in die Luft. Sie schwenkten ihn aus dem Kanu über den Fluss. Dominik schrie auf.

Die Fremden wollten ihn ins Wasser werfen und an die Krokodile verfüttern! Von seinen Freunden konnte er keine Hilfe erwarten. Die anderen vier Boote waren nämlich schon hinter der nächsten Flussbiegung verschwunden.

Dominik trat mit den Füßen um sich und bettelte: „Nein, bitte nicht!"

DAS REICH DES ATALPACOA

Dominik strampelte, wimmerte und flehte um Gnade. Seine Füße kamen dem Wasser immer näher und näher.

„Nicht!“, kreischte er so laut, dass sich seine Stimme überschlug und er keinen Ton mehr herausbrachte.

Die Kämpfer zögerten nicht, sondern ließen ihn kurzerhand fallen. Dominik plumpste nach unten und … saß auf dem Trockenen. Zuerst konnte er es nicht fassen. Er befand sich auf einer kühlen, glatten Fläche.

Bevor die Krieger weiterpaddelten, hielten sie ihre Fackeln hoch und erhellten damit die Umgebung. Der Detektiv kauerte auf einer kleinen grünen Insel. Es handelte sich um ein riesiges Blatt, auf dem er sogar ausgestreckt liegen konnte. Der Rand war hochgebogen und bot Schutz vor dem Wasser.

„Warum lasst ihr mich hier?“, krächzte er, bevor das Kanu weiterfuhr.

Er erhielt keine Antwort.

Dominik fühlte sich wie ein Frosch. Er krabbelte in die Mitte des Blattes, zog die Beine fest an die Brust und presste seinen Kopf dagegen. Rund um ihn herrschte Finsternis. Er begann hemmungslos zu schluchzen.

Weg, er wollte weit weg von hier, nach Hause in sein Bett! Er hatte alle Abenteuer satt. Dabei hatte sich die Bande diesmal nirgendwo eingemischt. Es sah vielmehr danach aus, als hätte sie jemand absichtlich in den Dschungel gelockt!

Seinen Freunden erging es nicht besser. Auch Lilo, Axel und Poppi wurden auf riesigen Blättern ausgesetzt, die zu einer besonderen Seerosenart gehören mussten. Die Einsamkeit, die die Knickerbocker jetzt verspürten, war schlimmer als jeder Schmerz. Sie saßen auf einem Fluss, in dem es bestimmt von gefährlichen Tieren nur so wimmelte.

Poppi erinnerte sich daran, dass es in den Nebenarmen des Amazonas viele Piranhas geben sollte, die in Schwärmen jagen und ihre Beute in kürzester Zeit bis auf das Skelett abfressen. Axel dachte an Krokodile und Lilo ging der Schlangenalbtraum durch den Kopf. Falls die Männer jeden Fluchtversuch der Bande verhindern wollten, hatten sie das geschafft. Sollten die Detektive auf den schwimmenden Blättern ihr Ende finden?

An Schlaf war für den Rest der Nacht nicht mehr zu denken. Die Knickerbocker hockten auf ihren Inseln und starrten in die Dunkelheit. Das leiseste Plätschern und jede Welle versetzten sie in Panik. Dazu kamen quälender Durst und Hunger. Die vier wurden von Stunde zu Stunde schwächer.

Endlich brach der Morgen an und die Sonne erhob sich über die Baumwipfel. Die Bandenmitglieder mussten feststellen, dass der Fluss mindestens zwanzig Meter breit war und es keine Möglichkeit gab, von den Blättern ans Ufer zu gelangen. Schwimmen wäre viel zu gefährlich gewesen.

Lilo fasste Mut und formte die Hände vor dem Mund zu einem Trichter. „Hallo, hört ihr mich?“, rief sie über den Fluss.

Die Antwort war ein heftiges Plätschern. Lilo zuckte erschrocken zusammen: Ein dunkles Tier schwamm in unmittelbarer Nähe an ihr vorüber. Es hatte einen länglichen Kopf, der entfernt an einen Biber erinnerte, und kleine Ohren. Sein Körper war von einem drahtigen, rötlich braunen Fell bedeckt. Lilo hatte dieses Tier schon irgendwo gesehen. Sie erinnerte sich, dass Dominik ihr ein Bild davon gezeigt und es als Wasserschwein bezeichnet hatte. Laut ihrem Detektivfreund waren diese mit dem Meerschweinchen verwandten Tiere die größten Nager der Welt – und völlig harmlos.

„Lilo, hier ist Axel!“, meldete sich ihr Kumpel, der irgendwo flussaufwärts sein musste. Aus noch größerer Entfernung kam Poppis Stimme. Dominik gab flussabwärts ein Lebenszeichen von sich.

„Was sollen wir machen?“, schrie Axel.

Lilo rief: „Wir können nur warten! Sonst fällt mir auch nichts ein!“

Das Superhirn der Bande zermarterte sich den Kopf: Die Krieger hatten gewusst, warum sie die vier mitten auf dem Fluss ausgesetzt hatten. Eine Flucht war unmöglich. Verdammt! Was hatten sie mit ihnen und Duarte vor? Lilo konnte ihre Tränen kaum zurückhalten.

Die Stunden verstrichen und je höher die Sonne stieg, desto heißer wurde es. Die Insekten suchten summend nach Nahrung und umschwirrten die Knickerbocker gierig.

Dass sie kein Trinkwasser hatten, machte den vier Freunden am meisten zu schaffen. Immer wieder warfen sie sehnsüchtige Blicke auf das Wasser rings um sie herum. Es war so nah, aber trotzdem wagten sie nicht, davon zu trinken. Die Bakterien, die sich darin tummelten, hätten ihren sicheren Tod bedeutet.

Bald lagen Dominik und Axel keuchend auf dem

Bauch, Arme und Beine weit von sich gestreckt. Wasser, Wasser!, war ihr einziger Gedanke. Poppi versuchte krampfhaft, sich etwas Schönes vorzustellen, damit sie nicht durchdrehte, doch das wollte ihr nicht gelingen. Lilo wiederum setzte alles daran, eine einzige brauchbare Idee zu entwickeln. Aber ohne Erfolg.

Als die Mittagshitze ihren Höhepunkt erreicht hatte, wurde rhythmisches Platschen hörbar. Die Kanus kehrten zurück. Die Krieger holten die vier Detektive wortlos von ihren grünen Gefängnissen und zogen sie in die Kanus. Anschließend paddelten sie den Fluss aufwärts, bis sie zu einer Anlegestelle gelangten, die aus großen Steinen errichtet worden war. Sie vertäuten dort die Boote und zerrten die Knickerbocker an Land. Zum Gehen waren alle vier zu schwach. Deshalb wurden sie an den Schultern und an den Füßen gepackt und in die Höhe gestemmt.

Über ihren Köpfen trugen die Krieger die Freunde durch den Dschungel. Matt und wehrlos starrten die Knickerbocker nach oben in die Baumkronen. Erst als sie viele Menschen singen hörten, versuchte Lilo, den Kopf zu drehen, um zu sehen, wo sie hingebracht wurden.

Träumte sie oder befand sie sich in einem Film? Vor ihr erhob sich ein riesiges Bauwerk aus hellem Stein. Hunderte von Stufen führten zu einer Plattform, auf der links und rechts Pyramiden standen. Allerdings fehlten ihnen die Spitzen. Dafür hatten sie hohe, breite Tore, die von weißen Masken umrahmt wurden. Als sie näher kamen, erkannte Lilo, dass es sich nicht um Masken, sondern um Tierschädel handelte. Es waren Totenköpfe von Raubtieren, Rindern und … Nein, das konnte nicht sein! Lilo riss die Augen weit auf. Waren da etwa auch menschliche Schädel?

„Ihr dürft jetzt eure unwürdigen Füße in das Reich des mächtigen Atalpacoa setzen!“, verkündete die Stimme, die sie schon in der Nacht gehört hatten. „Der mächtige Atalpacoa wird bald zu euch sprechen und über eure Zukunft entscheiden!“

DURST

Die vier völlig entkräfteten Abenteurer wurden die Treppen des Bauwerks hinaufgetragen und auf den Boden gesetzt. Fassungslos blickten sie sich um. Sie waren von mindestens hundert Männern umringt, die mit Tierfellen und bunt bemalten Lederstücken bekleidet waren. Einige trugen dicke Ketten aus Gold mit Amuletten aus spitzen Zähnen um den Hals. Alle hatten Lederhelme und Federn auf dem Kopf. Die Frauen, die sich im Hintergrund aufhielten, steckten in einfachen langen Kleidern aus hellem, weichem Leder und blickten die Knickerbocker neugierig an.

Vor sich im Steinboden sahen sie ein großes Loch. Vier in den Stein geritzte Pfeile führten von ihm weg. Lilo fiel auf, dass jeder dieser Pfeile auf einen Knickerbocker zeigte.

Aus der Tiefe des Lochs kam lautes Donnern und dumpfes Poltern. Der Jaguar-Krieger stieß einen hohen Schrei aus und hob die Hände. Gleich darauf warf er sich auf die Knie und presste seine Stirn auf den Boden. Alle anderen drehten sich zur rechten Pyramide und taten dasselbe.

Müde beobachteten die Detektive, was dort im Gange war. Sie sahen einen goldenen Thron, der von kräftigen Kriegern aus dem Gebäude getragen wurde. Auf dem Thron saß in gebieterischer Körperhaltung ein dicklicher, großer Mann. Auf seinem Kopf prangte der vergoldete Schädel eines Raubvogels. Prächtige Federn schmückten sein Haupt, den Rücken und die Arme. Das Gesicht wurde durch einen riesigen goldenen Schnabel, den er als Maske vorgebunden hatte, verdeckt. Das war bestimmt Atalpacoa! Er schien in dieser seltsamen Welt der absolute Herrscher zu sein, der uneingeschränkte Macht genoss.

Als er sich den Bandenmitgliedern zuwandte, die reichlich hilflos dahockten, begann er laut und zornig zu brüllen. Er wies herrisch auf die vier Freunde, worauf einige Krieger aufsprangen und Axel, Lilo,

Poppi und Dominik mit den Köpfen zu Boden drückten.

„Ihr habt eure Häupter vor Atalpacoa in den Staub zu werfen!", erklärte der Mann mit dem Jaguarfell.

„Hilfe, wir … wir verdursten … bitte, geben Sie uns Wasser!", wimmerte Lilo.

„Zuvor wird entschieden, ob die großen Geister euch für würdig halten, im Reich des Atalpacoa zu leben!", verkündete der Jaguar-Krieger.

Dann wurde die Knickerbocker-Bande von den Kriegern hochgerissen, zum großen Loch gezerrt und über den Schacht gehalten.

Die Freunde schrien verzweifelt um Hilfe.

Der Jaguar-Mann trat zu ihnen und vollführte mit seinem Speer einige beschwörende Bewegungen. Dazu murmelte er unverständliche Worte und hob den Kopf und die Arme immer wieder zum Himmel empor. Zum Abschluss der Zeremonie schleuderte er seinen Speer in den Schacht. Axel zählte die Sekunden bis zum Aufprall, aber es war keiner zu hören. Der Speer verschwand lautlos. Das Loch musste viele hundert Meter tief in die Erde führen!

Nun brachen alle Anwesenden in lautes Gekreische aus – erst auf ein Zeichen des Jaguar-Mannes verstummten sie. Sie schienen zu lauschen, welche Geräusche nach oben drangen. Für kurze Zeit herrschte absolute Stille.

Auf einmal rissen die Krieger die Knickerbocker zurück und setzten sie wieder auf ihre Plätze, an das Ende der im Boden eingeritzten Pfeile.

„Der große Geist hat euch für würdig empfunden!", erklärte der Jaguar-Krieger, der offenbar eine Art Magier war. „Hätte er euch für unwürdig gehalten, wäret ihr ihm geopfert und in den Donnerschlund gestoßen worden!"

Atalpacoa brüllte etwas Unverständliches, woraufhin die vier Freunde fortgeschafft wurden. Die Krieger trugen sie auf der anderen Seite des Baues die Stufen hinab, an deren Fuß sich mehrere niedrige, aus rohen Steinen gebaute Häuser befanden.

In eines dieser Gebäude wurden Axel, Lilo, Poppi und Dominik gebracht.

Eine Frau stellte neben ihnen einen Tonkrug ab. Mit einer Kelle schöpfte sie Wasser, ließ es aber wieder in den Krug zurückplätschern.

„Bitte, geben Sie uns etwas zu trinken!“, flehte Axel.

Die Frau holte eine Schale von einem Wandregal und goss einen dickflüssigen roten Saft in das Wasser. Mit der Kelle rührte sie um und schenkte dann den Trank in vier Schalen. Hastig griffen die Knickerbocker danach.

Als Lilo zum Trinken ansetzte, stieg ihr ein süßlicher Duft in die Nase, der sie zögern ließ.

„Nein, nicht trinken!“, zischte sie ihren Freunden zu.

„Warum nicht?“, keuchte Axel.

„Ich glaube, da ist Rauschgift drin!“, raunte ihm Lilo zu.

Zum Glück ging die Frau aus der Hütte und ließ die Bande allein zurück.

„Wie kommst du darauf?“, wisperte Dominik.

„Ich kenne den Geruch. Bei uns im Park hat einmal ein Mädchen etwas geraucht und das hat auch so süßlich gerochen. Sie hat das Zeug ‚Stoff‘ genannt. Wir müssen vorsichtig sein, schließlich wissen wir nicht, was die mit uns vorhaben. Vielleicht wollen sie uns unter Drogen setzen, damit wir nichts mitkriegen.“

Axel war das allerdings egal. „Ich … ich kann nicht mehr. Ich habe seit gestern nichts mehr getrunken“, stöhnte er.

Lilo beugte sich zu ihm, schlug ihm die Schale aus der Hand und kippte den Krug um. Erschrocken ließen Dominik und Poppi ihre Trinkgefäße fallen.

„Du blöde Kuh! Sollen wir etwa verdursten?“, schimpfte Axel und trat wütend nach Lilo.

„Klappe zu, Affenkopf!“, stieß sie hervor. „Ich habe eine Idee: Wir schreien jetzt ganz laut. Ich bin sicher, dass uns die Frau dann neues Wasser bringen wird. Aber wenn sie diesen roten Saft reingießen will, werdet ihr sie ablenken und zum Stolpern bringen. Das Zeug soll ihr runterfallen. Bestimmt holt sie Nachschub und in der Zwischenzeit können wir das reine Wasser trinken.“

Genauso geschah es. Die Frau verschüttete den roten Saft und eilte los, um neuen zu holen. Die Knickerbocker schöpften das klare Wasser aus dem Krug und nahmen es gierig zu sich. Als die Frau zurückkehrte, war der Krug leer. Sie musste nach draußen, um ihn zu füllen. Das nutzten die vier Freunde aus und versteckten die zweite Schale mit dem Rauschgift. Als die Frau mit dem Wasserkrug den Raum betrat, musste sie gleich wieder los, um die Droge zu holen. Natürlich hatten die Knickerbocker den nächsten Wasserkrug längst geleert, bevor sie mit dem roten Saft wieder auftauchte.

Schließlich gab die Frau auf. Sie warf ihnen einige böse klingende Worte an den Kopf und ging.

„Wo sind wir hier?“, wisperte Axel.

Lilo zuckte mit den Schultern.

Dominik meinte: „Es sieht so aus, als wären wir in einer Aztekenstadt, die die Jahrhunderte überdauert hat. Das Aztekenreich wurde nämlich vor rund fünfhundert Jahren von den Spaniern erobert!“

Lilo ließ ein Gedanke keine Ruhe: „Ich glaube, sie haben unser Flugzeug beschädigt und fast abstürzen lassen. Aber warum haben sie uns hierher gebracht?“

Ihre Freunde schwiegen nachdenklich.

„Glaubt ihr, die hätten uns wirklich in dieses Loch geworfen?“, fragte Poppi.

Lilo schüttelte den Kopf. „Nein, die haben sicher etwas anderes mit uns vor!“

„Sehr seltsam“, fand Axel. „Wenn das Menschen sind, die ein Leben wie vor fünfhundert Jahren führen, dann können sie Flugzeuge doch gar nicht zum Absturz bringen. Oder?“

VERDÄCHTIG

Als Axel erwachte, herrschte stockfinstere Nacht. Er hob den Kopf, spähte durch die Türöffnung und sah in ungefähr zehn Schritt Entfernung ein Feuer flackern. Axel blickte auf die Uhr. Es war kurz nach eins. Ob bereits Suchtrupps unterwegs waren? Da die Bande nicht zurückgekehrt war, waren Poppis Eltern vor Angst sicher durchgedreht. Aber diesmal konnten die Detektive wirklich nichts dafür. Sie hatten ihre Nasen nirgendwo hineingesteckt.

Axel hatte bohrende Bauchschmerzen. Er hatte Hunger. Riesigen Hunger. Seit ihrer Notlandung hatte er nichts gegessen. Am Nachmittag, nachdem sie das Wasser getrunken hatten, waren die Freunde eingeschlafen.

Axel richtete sich auf und kramte seine Taschenlampe hervor. Er leuchtete damit den Boden ab. Poppi hatte sich bei seinen Beinen zusammengekrümmt. Dominik saß gegen die Wand gelehnt und schnarchte laut. Lilo lag auf dem Rücken, ein Arm bedeckte ihre Augen.

Auf allen vieren kroch Axel zur Türöffnung und streckte vorsichtig seinen Kopf ins Freie. Es war etwas kühler als am Tag. Dennoch war es unerträglich feucht und schwül.

Zu seiner Erleichterung bemerkte er, dass ihr Häuschen nicht bewacht wurde. Jedenfalls konnte er keine Wachen sehen. In der Aztekenstadt schienen alle friedlich zu schlafen.

Es kostete ihn einige Mühe, die Augen offenzuhalten, so müde war er. Wir können nicht abwarten, was diese Kerle mit uns machen. Wir müssen etwas unternehmen!, dachte er.

Deshalb weckte Axel die anderen. Poppi und Lilo waren kaum wach zu kriegen. Dominik schlug sogar nach seinem Kumpel.

„Draußen ist alles ruhig, wir müssen uns umschauen. Vielleicht können wir sogar abhauen!“, sagte Axel.

„Blödsinn, wir können sicher nicht fliehen. Im

Urwald überleben wir keinen Tag!", gab Lilo zu bedenken.

„Dann suchen wir Duarte. Er muss doch auch hier gefangen gehalten werden!", meinte Dominik. „Vielleicht weiß er einen Weg aus dieser Stadt."

Lilo wehrte ab: „Diese Irren könnten ihn aber auch ihrem großen Geist geopfert haben, falls er ihn für unwürdig empfunden hat."

Dieser Gedanke war entmutigend. Was konnten sie denn ganz auf sich gestellt in der Wildnis ausrichten?

Lilo erhob sich und nahm das Häuschen unter die Lupe, in dem sie untergebracht worden waren. Es bestand nur aus einem rechteckigen Raum, in dem sich keine Möbel befanden. Die einzige Einrichtung waren mehrere Regalbretter aus grobem Holz, die an der Wand befestigt waren.

Auf einem dieser Bretter entdeckte Lilo etwas, was sie neugierig machte. Es handelte sich um Federkronen, wic sie die Krieger trugen. Außerdem fand sie Tierfelle zum Umhängen und halbe Röhren aus Leder, die sie für Schienbein- und Armschützer hielt.

„Axel hat doch Recht", überlegte Lilo laut. „Wir dürfen hier nicht untätig herumsitzen und warten.

Wir müssen über diese Wahnsinnigen etwas herausfinden."

Die Kleidungsstücke, die sie gefunden hatte, kamen ihr gerade recht. „Los, zieht das an!", flüsterte sie ihren drei Freunden zu. „In der Dunkelheit kann uns keiner so schnell erkennen, wenn wir verkleidet sind."

Im Schein der Taschenlampe kostümierten sich die Detektive, so gut es ging. Obwohl nun jeder Knickerbocker urkomisch aussah, konnte keiner darüber lachen. Dafür waren sie viel zu angespannt und aufgeregt.

„Und jetzt aufrecht gehen und Haltung bewahren!", zischte Lilo den anderen zu.

Die Freunde traten aus dem Häuschen und blickten sich ängstlich nach allen Seiten um. Weit und breit war niemand zu sehen. An einigen Hauswänden waren Fackeln befestigt, die die kleinen Plätze und Wege zwischen den Gebäuden nur spärlich erhellten. Im Schatten der Häuser huschten die vier zu den Pyramiden.

Lilo war davon überzeugt, dass das Geheimnis dieser Stadt in einer der beiden Pyramiden zu finden war.

Gebückt tappten die Knickerbocker die lange

Treppe zur Plattform hinauf. Bis jetzt waren sie keinem Krieger begegnet.

Die Abenteurer kamen nur langsam voran. Sie waren von den Anstrengungen des letzten Tages sehr geschwächt. Großer Hunger quälte sie und die feuchte Hitze schien sie wie ein dickes nasses Tuch niederzudrücken.

Dominik sah sich um und erkannte Umrisse von mächtigen Bäumen, die in den nächtlichen Himmel ragten. Er staunte. Obwohl das Gebäude, das sie gerade erklommen, mindestens dreißig Meter maß, erschienen ihm die Baumwipfel noch um ein Vielfaches höher.

Endlich hatten sie es geschafft! Sie standen auf der Plattform mit dem donnernden Loch und den beiden Pyramiden ohne Spitze.

„Was ist das für ein komischer Schacht?“, fragte Axel die anderen leise und deutete dabei auf die Öffnung, die ihnen vor ein paar Stunden beinahe zum Verhängnis geworden wäre.

„Vielleicht handelt es sich um eine Art Bohrung“, meinte Dominik. „Allerdings wusste ich nicht, dass die Azteken so tiefe Löcher graben konnten. Das Donnern könnte übrigens von einem unterirdischen Vulkan kommen.“

Doch das war den Knickerbockern im Moment nicht wichtig. Das Ziel der Detektive war dagegen eine der beiden Pyramiden.

„Am besten, wir versuchen in die Pyramide zu gelangen, aus der dieser Atalpacoa herausgetragen wurde“, schlug Lilo vor.

Ihre Freunde waren damit einverstanden und folgten ihr.

Durch die Pforte, die von bleichen Skelettschädeln umrahmt war, traten sie in einen sehr hohen Raum. Auf dem Boden standen zahlreiche flache Schalen, in denen rötliche Feuer flackerten. In der Mitte der Halle führte eine Treppe nach unten.

Die Knickerbocker blieben dicht hintereinander, als sie zu diesem Abgang schlichen und Stufe für Stufe in die Tiefe tappten.

Sie gelangten in einen quadratischen Raum. In jede Wand war eine Tür eingelassen. Über den Portalen prangten Malereien furchterregender Raubvögel, die blutiges Fleisch in den Schnäbeln hatten. Einer der Vögel unterschied sich von den anderen. Sein Gefieder glänzte golden und aus seinem weit aufgerissenen Schnabel flatterten Hunderte bunte Vögel himmelwärts.

Mitten im Raum stand der Thron, auf dem Atalpacoa aus der Pyramide getragen worden war. Lilo umrundete ihn, konnte aber keinerlei Hinweise auf etwas Verdächtiges entdecken.

„Was könnten diese Bilder bedeuten?“, wisperte Dominik.

Allgemeines Schulterzucken. Keiner wusste es.

Lilo gab allen ein Zeichen, sich ganz lautlos zu verhalten, und lauschte angespannt. Kam da etwa jemand?

Verdammt! Ja! Hinter der Tür unter dem goldenen Vogel ertönten Stimmen und Schritte.

„Wir müssen hier raus!“, flüsterte Lilo.

Aber es war bereits zu spät. Die Tür wurde aufgeschlossen.

„Unter den Thron!“, lautete Lilos nächstes Kommando. Der Thron hatte ungefähr kniehohe Beine. Von der Kante der Sitzfläche baumelten lange Federn und Lederstücke, die bis zum Boden reichten.

Blitzschnell krochen die Freunde darunter und pressten sich aneinander. Als Axel seine Füße anzog, weil sie noch immer zwischen den Federn hervorguckten, wurde die Tür geöffnet und zwei Personen betraten den Raum.

Lilo, die auf dem Rücken lag, drehte den Kopf nach rechts und konnte die Füße der Unbekannten sehen. Das eine Paar steckte in goldenen Sandalen, die – wie alles im Reich des Atalpacoa – mit Federn verziert waren. Das zweite Paar trug Turnschuhe. Ölige, zerschlissene Tennisschuhe, die irgendwann einmal weiß gewesen sein mussten.

Nur einen halben Meter von ihrem Kopf entfernt blieben die Füße stehen und eine barsche Männerstimme ertönte: Atalpacoa!

Den Knickerbockern wurde siedend heiß. Ihre Muskeln spannten sich. Wollte der Herrscher abermals seinen Thron besteigen, um sich aus der Pyramide tragen zu lassen? Dann würde er sie natürlich entdecken und wer weiß, was danach mit ihnen geschah …

VOGELFÜTTERUNG

Die Worte Atalpacoas hatten bewirkt, dass die Turnschuhe kehrtmachten und wieder verschwanden. Auch die Goldsandalen setzten sich langsam in Bewegung.

Lilo zitterte am ganzen Körper, was ihren Freunden natürlich nicht entging. Das Superhirn der Knickerbocker flehte im Stillen: Bitte, bitte, nicht setzen! Bitte!

Vergeblich! Atalpacoa ließ sich wie ein Sack auf den goldenen Prunkstuhl fallen und schnaufte. Unruhig rutschte er hin und her und klatschte mehrmals in die Hände.

Die Bande rückte noch enger zusammen und hielt den Atem an.

Atalpacoa begann mit seinem rechten Fuß zu wippen. Er schien überaus nervös zu sein. Endlich kam sein Begleiter zurück. Die Turnschuhe hatte er gegen Mokassins aus weichem Leder getauscht.

Einer allein kann den Thron nicht tragen!, schoss es Lilo durch den Kopf. Ob der Typ nach weiteren Trägern gerufen hat?

Es war wie das schönste Weihnachtsgeschenk, als sich Atalpacoa erhob. Anscheinend hatte er sich hier nur ausgeruht. Die Knickerbocker hörten ein leises Knirschen, woraufhin sich die Tür öffnete, die links vom Thron lag. Der Herrscher und sein Begleiter verschwanden dahinter. Sofort schloss sie sich wieder.

Erleichtert atmeten die vier Detektive auf. Das war gerade noch gut gegangen.

„Kriechen wir wieder raus?“, fragte Axel leise.

„Ja!“, erwiderte Lilo. „Aber wir sollten noch ein bisschen warten.“

Die Bande verharrte fünf Minuten regungslos unter dem Thron, aber nichts geschah. Es war nicht das leiseste Geräusch zu hören. Also robbten sie hervor und richteten sich stöhnend auf.

„Seht nur, die Tür mit dem Goldvogel … sie ist nicht ganz zu!“, wisperte Poppi.

Lilo zögerte nicht. „Wir müssen aufs Ganze gehen!“, entschied sie. „Hier ist etwas megafaul. Ich glaube, die spielen alle nur Theater. Seit wann tragen Azteken Turnschuhe?“ Schnell erklärte sie den anderen, was sie beobachtet hatte.

Nun war keine Zeit mehr zu verlieren. Die Abenteurer schlichen zu der offenen Tür. Dahinter lag ein Raum, der von zwei Petroleumlampen erhellt wurde. Nachdem sie ihn durchquert hatten, gelangten sie zu einer Steintür, die keine Klinke, sondern einen goldenen Knauf hatte, der sich wie ein Riegel zur Seite schieben ließ. Lilo packte ihn und zog daran. Der Knauf rutschte nach rechts und die Tür schwenkte auf.

Der Raum dahinter lag in völliger Dunkelheit. Die Knickerbocker knipsten ihre Taschenlampen an. Lilo blies vor Erstaunen die Backen auf. Die Einrichtung dieses Zimmers stammte sicherlich nicht aus der Aztekenzeit.

Hier standen zwei Schreibtische mit Laptops, Aktenschränke, ein Telefon und eine Funkanlage. Auf modernen Stühlen lagen Hosen, Hemden und Jacken verstreut, und auf dem Boden entdeckte Lilo die öligen Turnschuhe. In einer kleinen Nebenkammer fanden die vier farbenfrohe Federkronen und

Lederumhänge. An einer Wand hingen mehrere goldene Vogelmasken, wie sie Atalpacoa bei ihrer ersten Begegnung getragen hatte.

Während Lilo ein paar Kisten untersuchte, die unter den Schreibtischen standen, stürzte sich Dominik auf das Telefon und hob ab.

„Das ist die Rettung! Wir müssen nur jemanden anrufen und sagen, wo wir sind", sagte er.

Axel bezweifelte das. „Das Ding kann doch mitten im Dschungel nicht funktionieren", meinte er mutlos.

Dominik ließ sich nicht beirren. „Wahrscheinlich ist es ein Satellitentelefon. Diese Apparate werden hauptsächlich in abgelegenen Gegenden eingesetzt. Mithilfe einer Spezialantenne werden die Signale direkt zu einem Satelliten gesandt, der über der Erde kreist. So ist sogar im Regenwald Telefonieren möglich!", erläuterte Dominik.

Während sich die Jungen um das Telefon kümmerten, kramten die Mädchen in den Kisten, in denen Druckerpapier, CD-ROM, Farbpatronen und sogar Würstchen in Dosen und Kekse aufbewahrt wurden. In der letzten Kiste, die Lilo öffnete, entdeckte sie allerdings etwas ganz anderes. Sie zögerte einen Augenblick, zog dann aber doch einen handtellergroßen Gegenstand heraus. Sie ließ ihn unter ihrem Schienbeinschutz verschwinden, sagte den anderen aber nichts davon.

„He, kommt her! Helft uns!“, rief Axel den beiden Mädchen zu.

„Bald können wir mit dem Rest der Welt Kontakt aufnehmen!“, jubelte Dominik. „Doch wir müssen zuerst herausfinden, welche Vorwahl wir brauchen. Das weiß ich leider nicht.“

Da sich keiner mit dem Gerät auskannte, drückte Dominik einfach ein paar Tasten. Er wählte zweimal die Null und wartete. Aber außer dem gleichmäßigen Brummen, das nur die Betriebsbereitschaft des Telefons anzeigte, tat sich nichts. Hastig probierte er andere Kombinationen aus, hatte jedoch keinen Erfolg.

„Wer ist dieser Atalpacoa? Warum spielt er dieses Theater? Der Typ ist doch nicht von gestern!“, grübelte Lilo.

„Nein, das ist er nicht!“, erwiderte eine Stimme.

Die Knickerbocker brauchten sich nicht einmal umzudrehen. Sie wussten, wer hinter ihnen stand. Es war der Jaguar-Mann, der sie überrascht hatte!

„Es ist Zeit für die Vogelfütterung“, verkündete er mit ruhiger Stimme.

Die Freunde wandten sich um, wagten jedoch nicht zu fragen, was er damit meinte. Sie befürchteten, dass es sich um etwas ganz Schreckliches handeln würde.

„Das Futter seid ihr!“, fuhr der Jaguar-Mann mit regloser Stimme fort und deutete mit seinem Speer von einem zum anderen.

„Nein, bitte, tun Sie uns nichts. Bitte!“, flehte Poppi. „Was haben wir denn verbrochen? Warum machen Sie das alles mit uns?“

„Ihr seid auserwählt worden!“, antwortete der Krieger. „Allerdings habt ihr euch bisher dieser hohen Auszeichnung noch nicht als würdig erwiesen. Deshalb wird einer von euch nun den Donnervögeln vorgeworfen, um den großen Geist milde zu stimmen!“

Die Knickerbocker trauten ihren Ohren nicht.

„Was ... was soll das bedeuten?“, hauchte Lilo.

Der Jaguar-Mann schwieg und ging langsam auf die Bandenmitglieder zu. Er trieb sie, mit seiner Waffe drohend, aus dem Raum und riegelte ihn sorgfältig ab.

Aus der Halle kamen auf seinen Befehl hin vier Krieger geeilt, die die Freunde schnappten und ihnen die Arme auf den Rücken drehten. Der Magier mit dem Jaguarfell öffnete die Tür, hinter der Atalpacoa und der Turnschuhträger vorhin verschwunden waren. Seine Leute folgten ihm mit ihren Gefangenen. Sie gingen durch einen niedrigen Gang und traten an dessen Ende auf eine Art Steinbalkon. Vor ihnen lag nun eine weitläufige Halle, die das Innere des mächtigen Baues füllen musste, auf dem die beiden Pyramiden errichtet worden waren. An der Decke hingen riesige Vögel mit schwarzen Schwingen, spitzen, metallisch glänzenden Schnäbeln und dolchähnlichen Krallen an den Füßen.

„Das sind mit Sicherheit alles Krieger, die sich verkleidet haben!", flüsterte Dominik mit zitternder Stimme.

Den vier Knickerbockern war jetzt klar, warum sie auf ihrem Weg keinem Menschen begegnet waren. Alle Bewohner der Stadt hatten sich hier versammelt.

Die Krieger stiegen mit ihren Gefangenen eine steile Rampe hinab. Sie wurden von lautem Geschrei und Gekreische begrüßt. Die Männer trugen noch buntere und größere Federkronen als am Vortag. Viele Frauen hatten auf dem Rücken Gebinde aus langen Federn, die wie Pfauenräder aussahen.

„Ein Vogelhaus voller Irrer!", raunte Lilo ihren

Freunden zu, als sie durch die tobende Menge zu einem Käfig geführt wurden.

Er befand sich auf einem Steinpodest an der rechten Seite der Halle. Unsanft stießen die Krieger Lilo und zwei ihrer Freunde hinein und verriegelten anschließend die schmale Tür.

„Was … was werden die jetzt mit uns machen?", wimmerte Dominik.

„Ich halte das nicht aus!", kreischte Poppi.

„Loslassen! Hilfeeee!", schrie Axel, den die Krieger nicht in den Käfig gesteckt hatten.

Katz und Maus

Axel wurde zu einem steinernen Sockel im Zentrum des Raumes geschleppt. Rund um ihn scharten sich die Vogelmenschen. Auf dem Sockel waren nur zwei dicke hohe Holzpflöcke zu sehen, die mit Federn und Tierfellen verziert waren und nach oben hin schmal zuliefen. Auf ihren Spitzen steckten Tierschädel.

Aber nicht nur Axel wurde dorthin gebracht. Von der anderen Seite des Raumes wurde eine junge Frau herbeigeschleift. Sie wehrte sich, ging keinen Schritt, ließ sich zerren und versuchte verzweifelt, sich loszureißen. Zwecklos. Die Krieger, die sie festhielten, waren viel zu stark und kannten keine Gnade.

Sie führten die Frau zu einem Thron, der genau gegenüber dem Käfig vor der anderen Wand der Halle aufgebaut war. Dort saß bereits steif und majestätisch Atalpacoa, der die Gefangene spöttisch musterte. Mit einer herrischen Handbewegung gab er den Befehl, sie zu den Holzpfählen zu bringen. Sie wurde auf den Sockel gehievt und mit Lederriemen festgebunden. Die Zuschauer tobten.

Lilo fielen die Schalen auf, die die Vogelmenschen in ihren Händen hielten. Sie waren mit dem roten, süßlich duftenden Saft gefüllt.

„Was machen sie mit Axel?“, schrie Dominik und rüttelte an den Gitterstäben.

Doch die waren in den Stein eingelassen und gaben keinen Millimeter nach.

Der finstere Jaguar-Mann trat neben Atalpacoa und wechselte einige Worte mit ihm. Danach richtete er sich auf und schwenkte seinen Speer. Augenblicklich verstummten alle. Zuerst verkündete der Magier etwas in einer Sprache, die wie Portugiesisch klang. Seine Worte schienen die Bewohner des Reiches von Atalpacoa sehr zu erfreuen, denn sie jubelten, nachdem er seine Rede beendet hatte.

Nun sprach er auf Deutsch weiter und wandte sich an Axel und seine Freunde. „Atalpacoa duldet

in seinem Reich niemanden, der die Freiheit seines Volkes gefährdet. Unwürdige werden dem Geist des Donners geopfert!"

Die junge Frau wand sich zwichen den Holzpfählen hin und her und versuchte, sich loszureißen. Die engen Lederfesseln zogen sich dadurch aber nur noch stärker zusammen.

Axel war vor Schreck wie versteinert, als sie auch ihn an einen Pfahl banden. Er starrte den Mann mit dem Jaguarfell fassungslos an und brachte keinen Ton heraus.

„Bitte, tun Sie Axel nichts! Er ist doch unschuldig!", tobte Lilo und ihre Stimme überschlug sich. Niemand hörte auf sie.

Die Frau kreischte etwas auf Portugiesisch und brach in hemmungsloses Schluchzen aus. Keiner der Vogelmenschen zeigte sich gerührt.

Dominik wusste, dass die Azteken ein überaus blutrünstiges Volk gewesen waren, das auch Menschenopfer dargebracht hatte. Aber es gab keine Azteken mehr. Atalpacoa ahmte ihr Leben und ihre Bauwerke nur nach. Warum war ihm das nicht genug? Warum wollte er auch ihre Grausamkeiten nachmachen?

Der Jaguar-Mann blickte zur Decke der Halle

und schwenkte abermals den Speer. Er stieß einen schrillen Schrei aus, worauf sich die Männer mit den schwarzen Schwingen in Bewegung setzten.

Bisher hatten sie regungslos auf trapezähnlichen Schaukeln gesessen. Nun aber ließen sie sich nach hinten kippen. Ihre Schnäbel richteten sie drohend auf die beiden Gefangenen in der Mitte der Halle. Sie begannen zu schaukeln und schlugen dabei mit den Flügeln.

Der Magier brüllte etwas. Das war offensichtlich das Kommando zum Angriff!

Die Krieger lösten sich von den Trapezen und ließen sich kopfüber nach unten stürzen. Die Vogelmänner hatten dicke Seile um ihre Beine gewickelt. Diese bremsten ihren Fall und bewirkten, dass sie sich um ihre eigene Achse drehten.

Axel, der bisher stumm und erstarrt dagestanden hatte, schrie verzweifelt auf, als er die spitzen Schnäbel auf sich zurasen sah. Die Krieger hatten es auf ihn und die Frau abgesehen. Da beide mit Armen und Beinen an die Holzpfähle gefesselt worden waren, gab es keine Möglichkeit, auszuweichen oder in Deckung zu gehen.

Als die Vogelmenschen knapp über ihrer Beute angelangt waren, klappten sie ihre Schwingen zur

Seite und änderten auf diese Art ihre Flugrichtung. Wie Trapezkünstler im Zirkus schwebten sie sternförmig auseinander und schwangen zu den Wänden. Dort angekommen, stießen sie sich mit den Krallen wieder ab und rasten abermals auf Axel und die Frau zu. Sie spielten mit ihren Opfern, wie Katzen es mit Mäusen tun.

„Diese Irren wollen Axel und die Frau … mit den Metallschnäbeln … zerreißen!“, krächzte Poppi und schloss die Augen.

Lilo hatte inzwischen etwas entdeckt, was sie lieber für sich behielt: Der Steinsockel, auf dem Axel und das zweite Opfer standen, wies viele dunkelbraune Flecken auf. Das war wahrscheinlich Blut!

Wie Aasgeier gingen die Männer auf den Knickerbocker und die Frau los. Sie waren überaus geschickt und steuerten direkt auf ihr Ziel zu. Erst im letzten Augenblick änderten sie die Richtung und schwangen an den Pfählen vorbei. Die Menge tobte vor Begeisterung.

Die Vogelmenschen pendelten zurück und auseinander, ohne dass sich ihre Seile auch nur einmal verwickelten. Mit dem Oberkörper und den Armen holten sie Schwung und flogen wieder über den Köpfen des Publikums hinweg zu den Wänden.

Der Magier hob seinen Speer und zeigte mit der Spitze auf die Gefesselten. Er wollte das Spiel anscheinend beenden. Beim nächsten Mal würden die Männer bestimmt nicht mehr ausweichen.

DER ROTE BLITZ

Lilos Hände zitterten, als sie sich unbemerkt bückte und vorsichtig in ihren Schienbeinschutz griff. Dieses ungewöhnliche Kleidungsstück war aus Fell gefertigt und mit Lederriemen festgeschnürt. Zwischen dem Fell und ihrer Haut blieb ein Hohlraum, in dem man etwas verstecken konnte. Und das hatte sie getan. Lilo holte nun den Gegenstand hervor, den sie aus dem Büro von Atalpacoa mitgenommen hatte.

Es handelte sich um eine klobige Pistole. Lilo lehnte Waffen ab, aber sie hatte keine Wahl. Sie wusste, dass aus dieser Pistole kein tödlicher Schuss abgegeben werden konnte. Aus ihrem Lauf würden nur Leuchtkugeln kommen. Trotzdem kostete es sie einige Überwindung, den Zeigefinger auf den Abzug zu legen.

Sie zielte und feuerte.

Ein glühender Ball zischte in hohem Bogen durch die Luft, quer durch die Halle. Er verfehlte Atalpacoa nur um einige wenige Zentimeter, traf jedoch seine Federkrone, die augenblicklich Feuer fing.

Ein Schrei ging durch die Menge und die Vogelmenschen zeigten entgeistert auf ihren Gebieter. Wie aufgeschreckte Hühner stoben sie auseinander. Manche versuchten sogar, den Brand mit dem roten Saft aus ihren Schalen zu löschen.

Die gefährlichen schwarzen Kampfvögel waren von der Leuchtkugel so erschreckt worden, dass sie aus ihren eingeübten Flugbahnen gerieten und gegeneinanderstießen.

Ein unglaublicher Tumult brach aus. Die Vogelmenschen an den Seilen verhedderten sich, schrien aufgeregt los und baumelten vollkommen hilflos und jämmerlich über den Zuschauern. Die meisten Bewohner der Aztekenstadt taumelten benommen durch die Halle. Sie konnten sich kaum auf den Beinen halten.

Die haben alle einen Rausch!, dachte Lilo. Um das Chaos zu vergrößern, feuerte sie zwei weitere

Leuchtkugeln ab und löste dadurch eine richtiggehende Panik aus.

Atalpacoa brüllte und fuchtelte mit Armen und Beinen. Er schien seine Beherrschung verloren zu haben. Der Jaguar-Mann versuchte, die Leute zu beruhigen, jedoch ohne Erfolg. Schließlich gelang es ihm, wenigstens einige Krieger zu sich zu rufen, um ihnen Aufträge zu erteilen.

Ein paar Männer banden zuerst die Frau und dann Axel los und schleiften sie die steile Rampe nach oben. Ein zweiter Trupp holte die drei Knickerbocker aus dem Käfig und brachte sie ebenfalls auf diesem Weg aus der Halle. Sie stießen die vier Detektive und die fremde Frau in den Verbindungsgang zu den Räumen des Atalpacoa und schlossen sie ein.

„Los, vielleicht ist die andere Tür noch offen, dann können wir dort raus und in diesem Durcheinander fliehen!“, rief Lilo.

Sie stürmte durch die Dunkelheit und prallte gegen den zweiten Ausgang, der in die Halle mit dem tragbaren Thron führte. Lilo rüttelte an der Tür, aber diese war abgesperrt.

Enttäuscht kehrte Lilo zu den anderen zurück. Axel kauerte auf dem Boden und zitterte am ganzen Körper. Die Frau saß nur wenige Zentimeter von ihm entfernt. Dominik und Poppi standen ratlos daneben.

„Wo … wo hast du dieses … Ding her?“, stieß Axel hervor.

„Aus dem Büro“, antwortete Lilo.

Die Frau blickte auf und sagte in gebrochenem Deutsch: „Leben … hast du gerettet!“

Lilo lächelte verlegen.

„Meine Name sein Gloria. Ich danken dir!“

Lilo, Dominik und Poppi hockten sich zu ihrem Freund und Gloria auf den Boden. Sie sahen einander verzweifelt an.

„Was ist das bloß für ein Irrenhaus?“, stöhnte Lilo. „Wie kommen wir hier nur wieder raus?“

Doch Gloria nahm ihnen alle Hoffnung. „Nicht, gar nicht. Atalpacoa wird verhindern, verhindern mit jede Mittel, dass seine Geheimnis wird getragen weg.“

Die Knickerbocker-Bande horchte auf. Geheimnis? Was für ein Geheimnis?

Stockend und mit großer Mühe erzählte Gloria, was sie über diese Stadt im Dschungel und ihren Herrscher wusste.

Lilo fasste schließlich die Lage zusammen: „Der

Mann, der sich hinter der Vogelmaske versteckt, ist also der Anführer einer Art Sekte. Er schart Menschen um sich, die das Gefühl haben, dass ihnen Unrecht getan wird. Alle, die sich gegen die Mächtigen wehren wollen, holt er zu sich. Er verspricht ihnen in der Dschungelstadt ein Leben nach alten Gesetzen. Deshalb auch dieser ganze Aztekenfirlefanz und die Verkleidungen. Seine Anhänger wollen wie vor Jahrhunderten leben, als alles noch gerecht und in Ordnung gewesen sei – was natürlich nicht stimmt."

Gloria war ihrem Freund zu Atalpacoa gefolgt, um ihn aus den Fängen dieses Betrügers zu befreien. Sie hatte so getan, als wollte sie ein Mitglied der Sekte werden, das Rauschgift jedoch nie zu sich genommen. In den vergangenen Wochen hatte sie nach und nach die Wahrheit über Atalpacoa herausgefunden und versucht, seine Anhänger gegen ihn aufzuhetzen. Vergeblich! Er hatte seine Jünger fest im Griff und dank des roten Saftes waren sie zu keinem Widerstand fähig. Atalpacoa wollte die für ihn unbequem gewordene Gloria den Vögeln opfern.

Wer sich allerdings hinter der Maske des Atalpacoa verbarg, wusste auch Gloria nicht. Der Anführer ließ sich selten blicken und trat nur in seinem Vogelkostüm auf.

„Bestimmt ist er ein hundsgemeiner, mieser Typ, der alle Leute ausbeutet“, fauchte Lilo wütend. „So sind alle Sektenführer. Sie nutzen die Not, die Angst und die Verzweiflung anderer, um sich selbst zu bereichern.“

Das leuchtete Axel in diesem Fall nicht ein. „Die Stadt hier im Dschungel, diese Kostüme und der ganze Plunder haben bestimmt eine schöne Stange Geld gekostet. Wie soll dieser Atalpacoa damit reich werden können?“

„Wenn die Leute zu ihm kommen wollen, müssen sie ihm möglicherweise ihr Geld und ihren Besitz überlassen!“, vermutete Dominik.

„Aber warum hat Atalpacoa uns zu sich geholt?“, fragte Poppi. „Woher kennt er uns? Was will er?“

Die Tür, die zur Pyramide des Herrschers führte, wurde geöffnet und der Jaguar-Mann trat ein. Er deutete mit dem Speer auf die vier Knickerbocker und verkündete mit bedeutungsvoller Stimme: „Ihr werdet bald gehen! Fort von hier!“

Diese Neuigkeit gab den Detektiven Mut. Sie durften die Sektenstadt also doch verlassen!

„Ihr geht!“, wiederholte der Magier und deutete

auf Poppi und Axel. Dann wandte er sich an Lilo und Dominik und sagte: „Ihr bleibt – und wenn eure Freunde unseren Auftrag nicht erfüllen oder ein falsches Wort sagen, werdet ihr in das Donnerloch gestürzt!“

DER AUFTRAG

Die Knickerbocker erbleichten: „Und … und … w… wa… was ist das für ein Auftrag?", fragte Axel mit bebender Stimme.

„In der Stadt Rio de Janeiro lebt ein Mann namens Diego de Riviera. Er hat dem mächtigen Atalpacoa etwas geraubt. Einen goldenen Pavian. Diese Figur sollt ihr zurückbringen!", schilderte der Magier den Plan.

Lilo holte tief Luft und stammelte: „Warum … warum holt sich dieser … Atalpacoa die Figur nicht selbst? Sie ist doch *ihm* gestohlen worden … Wozu braucht er uns dazu?"

„Diego de Riviera ist ein misstrauischer und böser Mensch, der niemanden in sein Haus lässt. Bestenfalls Kindern ist er wohlgesonnen. Ihr werdet daher in der Nähe seines Hauses betteln. Ihr müsst sein Herz erweichen, sein Mitleid erwecken. Ist euch das gelungen, wird er euch sicher in sein Haus einladen. Ihr müsst dann den goldenen Pavian suchen und ihn zu uns bringen. Wenn ihr ihn nicht findet, fragt ruhig de Riviera. Euch händigt er ihn bestimmt aus, da schließlich das Schicksal eurer Freunde auf dem Spiel steht. Ihr müsst bei ihm kräftig auf die Tränendrüse drücken! Drei Tage gibt euch Atalpacoa Zeit. Schafft ihr es in dieser Zeit nicht, meinem Gebieter die Figur zu überreichen, werdet ihr eure Freunde niemals wiedersehen."

„Ist der goldene Pavian eine Figur, die hier verehrt wird?", fragte Lilo.

Der Jaguar-Mann riss die Augen weit auf und sprach Unheil verkündend: „Der goldene Pavian ist das Zeichen für das Glück unseres Herrschers. Jedem anderen bringt er Tod und Verderben. Diego de Riviera konnte sich davon schon überzeugen, aber er ist nicht bereit, sich von ihm zu trennen. Er kennt seine Geschichte nicht."

„De Riviera hat die Figur einem ...", der Jaguar-Mann schien zu überlegen, „... einem Dieb abgekauft, der sie aus unserer Stadt geschmuggelt hat.

Der Pavian bringt, wie gesagt, nur Atalpacoa Glück: Der Dieb wurde nach seinem Verbrechen von einer Schlange gebissen und hat sein verdientes Ende gefunden."

Die Freunde blickten einander ratlos an und fassten sich an den Händen. Ihnen war zum Heulen zumute.

„Gleich morgen Früh werdet ihr aufbrechen!", bestimmte der Jaguar-Mann und sah Axel und Poppi streng an.

„Wer wird uns nach Rio de Janeiro bringen?", wollte Axel wissen.

„Die widerliche, dumme Kreatur, die euch hergeflogen hat. Diesen Menschen werden wir auch als Sprachrohr benutzen. Er wird euch unsere Anweisungen weitergeben. Zweimal am Tag habt ihr ihm Bericht zu erstatten. Wenn der goldene Pavian in euren Händen ist, erfahrt ihr von ihm, wo ihr ihn abliefern müsst."

„Und wo wir Lilo und Dominik wiedertreffen!", fügte Axel hinzu.

Der Jaguar-Mann machte eine beschwichtigende Handbewegung und säuselte: „Selbstverständlich! Seid ihr erfolgreich, wird euren beiden Freunden kein Haar gekrümmt."

Axel schöpfte Hoffnung. Er würde Duarte, den Piloten, endlich wiedersehen. Vielleicht konnte er ihnen helfen. Möglicherweise gab es einen Weg, Lilo und Dominik zu befreien und gemeinsam aus dem Dschungel zu entkommen. Schließlich stellte ihnen Atalpacoa ein Reisemittel zur Verfügung …

Der Magier mit dem Jaguarfell winkte sechs Krieger herein und trug ihnen etwas auf. Die Männer gaben daraufhin den Knickerbockern und Gloria ein Zeichen, aufzustehen und mitzukommen.

Widerstrebend folgten sie ihnen. Die Brasilianerin starrte dabei die ganze Zeit einen der Krieger an. Es war ein kleiner Mann mit dunkler Hautfarbe. Er hatte sehr sanfte Augen und kurzes gekräuseltes Haar.

„Paolo!“, rief Gloria. „Paolo! Paolo!“

Ihre Worte zeigten keinerlei Wirkung.

Lilo beobachtete, wie die Frau bitterlich zu weinen begann. Voller Verzweiflung packte sie den Krieger am Arm und rüttelte ihn.

Der Mann wirkte wütend und schüttelte sie energisch ab. Er schrie sie auf Portugiesisch an und trat nach ihr.

„Ist das dein Freund?“, fragte Poppi.

Gloria nickte. „Er sagt … er nicht länger mich

kennt. Sein Name jetzt ‚Blauer Vogel der Rache' und ich werden Zorn von ihm zu spüren bekommen."

Dominik schauderte, als er das hörte. Atalpacoa leistete ganze Arbeit. Die Mitglieder seiner Sekte wurden offensichtlich einer gründlichen Gehirnwäsche unterzogen und mithilfe von Rauschgift völlig verblödet. Wahrscheinlich plapperten sie wie Papageien alles nach, was ihnen vorgesagt wurde. Durch den roten Saft fühlten sie sich besonders stark und mächtig. Mit der Zeit mussten sie von dem Zeug natürlich abhängig werden.

Die Gefangenen wurden nach draußen auf die Plattform geführt, in der sich das Donnerloch befand. Wenige Meter davor kniete ein Mann nieder und zerrte an einem dicken Metallring, der im Boden eingelassen war. Eine Steinplatte hob sich und eine rechteckige Öffnung wurde sichtbar.

Axel, Lilo, Poppi, Dominik und Gloria wurden herbeigezerrt und ohne Mitleid hinuntergestoßen. Schreiend stürzten sie in die totale Finsternis. Hart knallten sie auf einen rauen, warmen Steinboden und blieben benommen liegen. Die Luft war feucht und abgestanden.

Über ihnen knirschte es. Die schwere Steinplatte wurde wieder auf ihren Platz gerückt. Entsetzt bemerkten die Freunde, dass sie ihre Taschenlampen verloren hatten.

„Ich … ich will unbedingt wissen, wo wir hier sind. Diese Idioten haben die Leuchtpistole nicht entdeckt. Ich habe sie immer noch. Ich möchte gern eine Kugel abschießen. Seid ihr einverstanden?“, fragte Lilo.

Es gab keinen Widerspruch.

Also holte das Superhirn der Bande die Leuchtpistole heraus, streckte die Arme hoch, um auch bestimmt keinen zu verletzen, und drückte ab. Eine glühende Kugel schoss aus dem Lauf, knallte nur ein kleines Stück weiter gegen eine Felsmauer und fiel zu Boden. Ihr Lichtschein erhellte den Raum und ließ die Gefangenen wichtige Einzelheiten erkennen.

Sie hockten in einem Verlies, das ungefähr so groß wie eine Garage war. Es gab keinen zweiten Ausgang und keine Fenster. Der Raum war außerdem ganz leer.

Nur in der Wand, die zum Donnerloch hin lag, waren zahlreiche Vogelköpfe aus Metall zu erkennen. Ihre Gesichter sahen wild aus und die Schnäbel waren verbogen. Die Knickerbocker zuckten zurück, als sie die unheimlichen Vogelfratzen sahen. Wozu waren die wohl gut?

Lilo nutzte den letzten Lichtschimmer der Leuchtkugel und untersuchte die Fratzen hastig. Sie bemerkte, dass die Hälse der Tiere Rohre waren, die in den Stein hineinführten. Lilo klopfte auf das Metall. Es folgte ein donnerndes, hallendes Geräusch. Es war, als würde jemand gegen ein Metallfass schlagen. Die Leuchtkugel erlosch und es herrschte wieder Finsternis.

„Ich … ich habe solchen Hunger!", stöhnte Axel. Den anderen ging es nicht besser.

„Was … mit uns geschehen? Was … mit uns geschehen?", jammerte Gloria und schluchzte leise vor sich hin.

Da ertönte ein Klirren und Klimpern.

Zuerst klang es wie Kieselsteine, die auf ein Blechdach fallen. Innerhalb von Sekunden steigerte sich das Geräusch jedoch zu einem wüsten Trommeln.

Mit schmerzverzerrten Gesichtern pressten die Knickerbocker ihre Hände an die Ohren. Der Krach tat höllisch weh.

Lilo beugte sich zu Axel und brüllte: „Das sind diese Vögel! Die sind so in die Wand eingebaut, dass man ihre Hälse auf der anderen Seite der Mauer anschlagen und zum Dröhnen bringen kann. Die Anhänger von diesem irren Atalpacoa wollen uns fertigmachen!"

Im Augenblick sah es auch ganz so aus, als würde es ihnen gelingen. Der Lärm zermürbte die Detektive. Sie versuchten, ihre Ohren zu schützen, doch das metallische Klirren war zu laut, es drang durch Mark und Bein.

„Wir schaffen es, wir schaffen es, wir schaffen es!“, schrie Axel.

Die anderen stimmten ein: „Wir schaffen es! Wir schaffen es! Wir schaffen es! Wir schaffen es!“

ES GEHT LOS

Nach einer halben Stunde, die den Gefangenen wie eine Ewigkeit vorgekommen war, hörte der unerträgliche Lärm der Blechvögel auf.

Erleichtert nahmen die Freunde und Gloria die Hände von den Ohren und ließen sich rücklings auf den Boden sinken.

„Diesen Krach setzt Atalpacoa ein, um Leute wie uns fertigzumachen. Wenn man ihm länger ausgeliefert ist, dreht man wahrscheinlich durch und wird auch noch taub. Dieser Saukerl arbeitet mit allen Mitteln", sagte Lilo völlig erschöpft.

Eine Zeit lang war nur das schwere Atmen der Detektive zu vernehmen. Gloria weinte und Lilo strich ihr tröstend über die Hand. Dabei hätte sie selbst jemanden gebraucht, der sie ein wenig beruhigte. Warum konnte sie jetzt nicht daheim in ihrem Bett liegen?

Die Knickerbocker dämmerten vor sich hin, als abermals das Knirschen der Luke ertönte. Es klang wie eine Alarmsirene und ließ die Freunde hochschrecken. Gespannt starrten sie auf die Öffnung, durch die fahles Morgenlicht fiel. Geblendet hielten sie ihre Hände vors Gesicht und spähten durch die Finger. Eine Leiter wurde heruntergeschoben und der Magier mit dem Jaguarfell befahl: „Kommt herauf, es geht los!"

Lilo sagte eindringlich: „Vier Knickerbocker lassen niemals locker! Wir haben schon so viel geschafft, wir werden auch das schaffen! Und euch, Poppi und Axel, wünsche ich viel Glück!"

Die beiden mussten schluckten. Sie brachten keinen Ton heraus. Schließlich keuchte Axel: „Vielleicht kann Duarte uns helfen!"

Der Jaguar-Mann wurde ungeduldig und schickte einen Krieger in das Verlies hinunter, der die Gefangenen antreiben sollte.

Stöhnend und mit schmerzenden Gliedern kletterten die Knickerbocker und Gloria ins Freie. Hinter den hohen Baumwipfeln, die rund um die Pyramiden in den Himmel ragten, war bereits die Sonne aufgegangen. Die Vögel des Regenwaldes hatten ihr lautstarkes Morgenkonzert angestimmt und zwischen den Stämmen und den gigantischen Palmenblättern hing der frühe Dunst wie ein graublauer Schleier.

Lilo, Dominik und Gloria wurden in einen einfachen Holzkäfig gesteckt, der aus Stangen und Schnüren zusammengebaut war und nicht sehr stabil wirkte. Die Krieger hoben den Käfig und ließen ihn aus einem halben Meter Höhe auf das Donnerloch fallen. Glücklicherweise war der Käfig groß genug, um nicht in den Schacht zu rutschen.

Trotzdem wurde den Gefangenen angst und bange. Die hölzernen Stäbe und Stangen knackten und ächzten bedrohlich, als würden sie jeden Augenblick brechen.

„Ihr sollt erkennen, dass wir keine Spaßvögel, sondern Vögel der Rache sind!", erklärte der Jaguar-Mann und hob den Blick beschwörend gen Morgenhimmel.

Axel und Poppi wurden wie junge Hunde gepackt und zu dem Haus geschleift, in dem sie in der ersten Nacht geschlafen hatten. Dort mussten sie ihre Klamotten wieder anziehen. Angewidert stellten sie fest, dass ihre Hosen und Hemden verdreckt und zerschlissen waren.

„Ihr sollt wie echte Straßenkinder wirken“, sagte der Magier.

„Aber der Mann, den wir aufsuchen müssen, wird bemerken, dass wir keine Brasilianer sind. Wir können kein Wort Portugiesisch“, wandte Axel ein.

Der Jaguar-Mann lächelte und bestimmte dann mit einem spöttischen Grinsen: „Ihr werdet schweigen und vortäuschen, stumm zu sein!“

Unter dem lauten Gekreische und Gepfeife der Sektenmitglieder wurden die beiden Knickerbocker fortgebracht.

Duarte, wo steckt Duarte?, fragte sich Axel. Er muss uns helfen!

Auf einmal brach das Kreischen schlagartig ab. Die vier Krieger, die die Detektive führten, nahmen Poppi und Axel an den Schultern und drehten sie um, damit sie zu den Pyramiden blicken konnten. Atalpacoa hatte sich mit seinem goldenen Thron ins Freie tragen lassen und richtete sich nun drohend auf. Seine Untertanen lagen vor ihm auf dem Bauch und bewegten sich nicht.

Der Anführer machte eine herrische Bewegung und rief etwas. Durch die goldene Maske, die er

trug, waren seine Worte kaum verständlich. Aber seine Leute wussten, was er wollte.

Aus der linken Pyramide – dem Zugang in die große Opferhalle – wurde Duarte geschleift. Er wehrte sich, trat nach seinen Bewachern und versuchte, sich aus ihrer eisernen Umklammerung zu befreien. Vergeblich!

Axels Hoffnungen schmolzen wie ein Schneeball in der warmen Frühlingssonne.

„Bitte ... bitte tu alles, was sie wollen, sonst ist unser Leben in Gefahr!", flehte Lilo, als der Pilot an ihrem Käfig vorbeigeführt wurde.

„Aber das sind ja irre!", fluchte Duarte.

„Wenn du Poppi und Axel im Stich lässt, dann ... dann bringen sie uns garantiert um!", rief Lilo verzweifelt.

„Nein, nein! Keine Angst ... ich ... ich werde tun, was sie von mir verlangen. Ihr werdet freikommen!", versprach Duarte.

Für ein längeres Gespräch war keine Zeit, da der Pilot von seinen Wächtern weitergeschleppt wurde. Nun ließ er sich aber nicht mehr ziehen, sondern schien freiwillig mitzukommen. Lilo atmete ein wenig auf. Mit großen, traurigen Augen blickte sie ihren Freunden und Duarte nach.

In drei Tagen würde sich ihr Schicksal entschieden haben. Und das war eine verdammt kurze Zeit. Axel und Poppi würden bestimmt alles tun, um in Diego de Rivieras Haus einzudringen. Aber würden sie geschickter als Profieinbrecher sein, die Atalpacoa bestimmt auch schon eingesetzt hatte?

Ein Gedanke machte Lilo etwas Mut: „Dieser

Atalpacoa wird uns nicht in dieses Donnerloch stoßen. Er hat nichts davon, wenn er uns umbringt. Er braucht uns." Wirklich überzeugt war sie davon allerdings nicht. Was war, wenn sie sich irrte?

Duarte wurde die lange Treppe nach unten geführt. Seine Begleiter legten ein derartiges Tempo vor, dass er fast nicht mit ihnen Schritt halten konnte. Außerdem war sein rechter Schnürsenkel aufgegangen.

Nun verlor Duarte sogar den Schuh – und Lilo traute ihren Augen nicht …

ACHTUNG, GEFAHR!

Es handelte sich um einen öligen, zerschlissenen Tennisschuh, der irgendwann einmal weiß gewesen sein musste. Duarte steckte mit Atalpacoa unter einer Decke! Das stand für Lilo fest. Die Turnschuhe des Piloten hatte sie vom Versteck unter dem Thron aus gesehen. So viele verdreckte Tennisschuhe der gleichen Art gab es hier im Dschungel nicht. Duarte hatte die Knickerbocker also absichtlich in den Regenwald gebracht! Den Absturz hatte er nur vorgetäuscht, um sie zu schwächen und gefügig zu machen. Es musste alles geplant gewesen sein. Die Bande war auserwählt worden, um den goldenen Pavian für Atalpacoa zu stehlen.

Lilo machte sich große Sorgen um Axel und

Poppi. Sie waren nun mit keinem Freund unterwegs, sondern hatten einen Gegner an ihrer Seite.

Lilo wollte die beiden warnen und stieß mithilfe der Finger einen lauten Pfiff aus. Erstaunt blickten Axel und Poppi sich nach ihr um. Lilo pfiff noch einmal: dreimal kurz, zweimal lang und noch einmal kurz. Das bedeutete: Achtung, Gefahr! Höchste Vorsicht ist geboten!

Sie hatte dieses Zeichen erst vor einiger Zeit erfunden und wusste nicht, ob Axel es verstand. Daher brüllte sie: „Duarte!"

Für die Bewohner der Dschungelstadt klang das sicher wie ein verzweifelter Abschiedsruf, den sie dem Piloten nachschrie.

Axel gingen die unzähligen Pfeif-, Blink- und Klopfsprachen, die sich Lilo für ihr Leben gern ausdachte, ziemlich auf die Nerven. Deshalb hatte er sie sich auch nicht gut gemerkt. Er glaubte, dass Lilos Pfeifkonzert „Ich helfe euch!" bedeutet hatte.

Poppi hingegen war zusammengezuckt. Sie hatte den wahren Sinn der Geheimbotschaft sofort kapiert, wollte sie aber nicht glauben. War Duarte eine Gefahr? Oder war Duarte in Gefahr? Da Axel nicht erschrocken reagierte, entschied Poppi sich für die zweite Möglichkeit.

Die beiden Knickerbocker und der Pilot wurden durch den Wald und über den Fluss zum Flugzeug gebracht.

„Ich … ich soll hier starten“, sagte Duarte heiser. „Aber das ist … ist sehr gefährlich. Wenn ich nicht sofort steil nach oben komme, landen wir in einem Baum!“

Axel wurde wütend. „Wozu sagst du uns das?“, fauchte er. „Wir haben ohnehin schon irre Angst!“

Der Pilot schwieg und war sichtlich beleidigt.

Die weiß-blaue Maschine, mit der die Bande beinahe abgestürzt war, wurde zum äußersten Ende der Pfeilschneise gerollt. Axel beobachtete, wie die Krieger die Räder geschickt in zwei Verankerungen einhängten, die im Boden befestigt waren. Anschließend erklärten sie Duarte etwas auf Portugiesisch.

Der Pilot schnaubte und räusperte sich nervös. „Los, wir müssen es versuchen!“, meinte er schließlich und half Axel und Poppi beim Einsteigen.

Die beiden kauerten sich auf die hintere Bank und schnallten sich fest. Duarte drückte einige Knöpfe und ein Krieger warf den Propeller an. Er schien dabei viel Übung zu haben, denn der Motor sprang sofort an. Duarte wischte sich den Schweiß von der Stirn und rieb seine Handflächen an der dreckigen Hose trocken. Er drehte sich zu seinen Passagieren und deutete mit dem Daumen nach oben. Anschließend klemmte er ihn zwischen Zeige- und Mittelfinger.

„Ob uns das wohl Glück bringt?", meinte Poppi.

Der Pilot richtete das Steuer, testete Höhen- und Seitenruder und zog energisch an dem schwarzen Knopf, mit dem die Drehzahl des Motors reguliert wurde. Der Propeller drehte sich so schnell, dass er optisch zu einer hellen Scheibe verschmolz, und die Maschine dröhnte ohrenbetäubend.

Die beiden Knickerbocker spürten, wie das Flugzeug losrasen wollte, aber von den Verankerungen zurückgehalten wurde.

Duarte wartete noch ein paar Sekunden, bevor er mit dem Kopf nickte. Das war das Zeichen für die Krieger, die Halterungen zu lösen. Sofort zischte die Maschine los und holperte über den unebenen Boden. Axel und Poppi schlossen die Augen und hielten sich fest. Duarte riss das Steuer an seine Brust und brüllte dabei. Es klang wie ein Stoßgebet. Sein Wunsch ging in Erfüllung. Die Maschine stieg steil nach oben.

Nach dem geglückten Start wagten die beiden Detektive einen Blick aus dem Fenster. Sie hatten es geschafft. Die Wipfel der Bäume lagen unter ihnen. Der Fluss mit seinen weiten Schleifen wand sich durch den Dschungel. Poppi und Axel dachten an ihre Freunde, die auf ihre Rettung hofften. Würde es ihnen gelingen, Lilo und Dominik zu befreien?

„Wir werden einige Zwischenlandungen machen müssen, bevor wir Rio erreichen!“, schrie der Pilot durch den Motorenlärm. „Beim ersten Stopp werden wir gleich einmal etwas essen.“

Damit waren Axel und Poppi einverstanden.

„Falls euch jemand etwas fragt, antwortet nicht. Ab jetzt seid ihr stumm! Und ich bin euer Onkel. Habt ihr das verstanden?“

Poppi zog die Augenbrauen hoch und schnappte nach Luft. Hießen Lilos Pfiffe vielleicht doch, dass Duarte eine Gefahr darstellte? Warum war sein Flugzeug wieder intakt? Woher kam der Treibstoff? Es waren doch Löcher in den Tanks der Tragflächen! Da stimmte etwas nicht!

Poppi beugte sich zu Axel und erzählte ihm, was sie dachte. Er war total überrascht. Auf die Idee, dass Duarte gefährlich sein könnte, wäre er nie gekommen.

Axel klopfte Duarte auf die Schulter. „He, du, warum fliegt deine Kiste wieder? Wo ist der Treibstoff her? Hast du mit denen etwas zu schaffen?“, schrie er ihm ins Ohr.

Aber der Brasilianer verlor nicht einmal für den Bruchteil einer Sekunde die Beherrschung.

„Ich? Wie kommst du darauf? Ich bin euer Freund, der mit euch in derselben Falle sitzt. Wegen euch bin ich überhaupt in diese Katastrophe geraten. Atalpacoa hat es auf euch abgesehen und deswegen das Flugzeug vom Himmel geholt. Ich weiß auch nicht, wo er den Treibstoff herhat. Vielleicht aus einer der anderen Maschinen. Und eines sage ich dir: Schnauz mich nie wieder so an! Sonst setze ich euch ab und tauche irgendwo unter. Das ist für mich überhaupt kein Problem. Für eure Freunde allerdings schon!“

Axel ließ sich nach hinten fallen und verschränkte die Arme vor dem Oberkörper. Er hatte das Gefühl, Duarte zu Unrecht beschuldigt zu haben. Das durfte ihm nie wieder passieren, schwor er sich.

PAOLO

Nachdem Axel, Poppi und Duarte zum Flugzeug gebracht worden waren, hatten die Qualen für Lilo, Dominik und Gloria ein Ende. Die drei wurden in ein Haus geführt, in dem es angenehm kühl war. Dort bekamen sie eine Mahlzeit. Danach wurde ihnen eine große Schale mit dem roten Saft hingestellt. Eine freundlich lächelnde Frau forderte sie immer wieder auf zu trinken und versuchte ihnen zu vermitteln, wie glücklich das Zeug machte.

Die drei wussten, dass jeder Widerstand zwecklos war, und nickten zustimmend. Sie beugten sich über die Schale und taten so, als würden sie mit den Händen etwas Saft herausschöpfen und diesen dann zu sich nehmen.

Müde lehnten sich die Gefangenen gegen die Mauern und nickten ein. Durch einen schrillen Schrei wurden sie geweckt.

Benommen öffnete Lilo die Augen – ihre Lider waren schwer wie Blei. Sie blinzelte zum Eingang des Häuschens.

„Der große Atalpacoa hat Erbarmen mit euch!", verkündete der Magier. Man hätte meinen können, dass die Knickerbocker alle Film-Oscars und Detektivauszeichnungen auf einmal erhalten würden. „Ab sofort dürft ihr euch in unserer Stadt frei bewegen. Doch es ist euch nicht erlaubt, das Federkleid der Anhänger Atalpacoas zu tragen. Hier ist euer Gewand."

Mit diesen Worten schleuderte er den Detektiven ihre Sachen zu. Gloria erhielt ein zerschlissenes weißes Stoffkleid.

„Der große Atalpacoa hat außerdem entschieden, euch nach Ablauf der drei Tage nicht in das Donnerloch zu werfen!"

Lilos und Dominiks Augen strahlten.

„Sollten eure Freunde versagen", fuhr der Jaguar-Mann fort, „werden sie nie wieder zurückkehren. Ihr aber dürft dann in diesem glücklichen Reich leben, in dem die Menschen frei wie Vögel sind."

Die Stimmung der beiden Knickerbocker sank wieder ins Bodenlose.

Trotzdem war es angenehm, nicht mehr wie ein Sträfling behandelt zu werden. Die Detektive und Gloria traten zaghaft ins Freie und schauten sich aufmerksam um.

Die Bewohner der Dschungelstadt schienen alle sehr beschäftigt zu sein. Die meisten Untertanen Atalpacoas hatten ihre prachtvollen Federkostüme gegen einfache Lendenschurze aus Fellen oder Lederstücken getauscht.

Nach und nach leerten sich die kleinen Gassen und Plätze. Zu ihrer großen Überraschung standen die drei freigelassenen Gefangenen auf einmal allein da. Plötzlich eilte ein Mann an ihnen vorbei, den Gloria auf Portugiesisch ansprach. Sie wollte von ihm erfahren, was los war.

„Er geantwortet, sie dem Donnergeist ein neues Fenster graben. Fenster soll besänftigen den Geist. In letzter Zeit Geist oft böse! Atalpacoa sagen, Fenster einziger Weg! Atalpacoa versuchen, Donnergeist milde machen."

Lilo und Dominik sahen einander fragend an. Was hatte das zu bedeuten?

Die tropische Hitze war unerträglich. Die feuchte

Luft legte sich wie ein lähmendes Gewicht auf die geheimnisvolle Dschungelstadt. Deshalb zogen sich die drei in ihr Haus zurück, um ihre Kräfte zu schonen. Erst als der Abend hereinbrach und es ein wenig abkühlte, gingen sie wieder hinaus.

Lilo musste ständig an das Telefon denken, das sie im Arbeitszimmer Atalpacoas gesehen hatte. Jetzt, da kein Mensch in der Nähe war, gab es vielleicht eine Chance, mit der Außenwelt Kontakt aufzunehmen. Wenn es ihnen gelingen würde, ihre Position durchzugeben, könnte sich ein Suchtrupp auf den Weg machen.

Lilo weihte ihre beiden Leidensgenossen in den Plan ein. Mit klopfendem Herzen machten sie sich auf den Weg und kletterten über die vielen Stufen zur Plattform hinauf, auf der die Pyramiden standen. Lilo schlich zum Eingang der rechten Pyramide. Im Schein einer Öllampe sah sie zwei Krieger stehen, die den goldenen Thron bewachten, der diesmal in der Eingangshalle abgestellt war. Einer der beiden war Paolo, Glorias Freund.

„He, Lilo, komm doch bitte mal schnell her und sieh dir dieses Donnerloch an!“, flüsterte Dominik ihr zu.

Lilo huschte zu ihrem Detektivkollegen. Dominik hatte sich vor dem grauenerregenden Schacht hingekniet und starrte in die Tiefe.

„Bitte schwenke deine Nase über die Öffnung!", sagte der Knickerbocker. Wenn er sehr aufgeregt war, redete er noch komplizierter als sonst. Ausnahmsweise ärgerte sich Lilo nicht darüber, sondern tat, was Dominik von ihr wollte.

„Riechst du etwas?", erkundigte er sich.

Lilo schnupperte und runzelte die Stirn. Sie knetete ihre Nasenspitze und murmelte: „Das stinkt … bisher ist mir das nicht aufgefallen."

Dominik nickte und sagte: „Rund um das Donnerloch stehen sonst immer Töpfe mit starken Duftkräutern. So kann der Gestank von niemandem wahrgenommen werden."

Lilo war fassungslos. „Ich bin sicher, dass es hier nach Erdöl riecht", sagte sie atemlos. Dominik gab ihr Recht.

Lilo spann den Gedanken weiter: „Vielleicht ist das ein natürliches Loch, das zu einem Erdölfeld führt und bei einem Erdbeben freigelegt wurde."

Dominik war da anderer Meinung: „Ich glaube, dass es sich eher um ein Bohrloch handelt."

Nachdenklich zwirbelte Lilo an einer Haarsträhne und sagte schließlich: „Dominik, wenn die Bewohner der Stadt jetzt ein neues Fenster für den Donnergeist schaffen, heißt das, sie legen noch ein Bohrloch an. Atalpacoa missbraucht seine Anhänger also als Sklaven. Es ist unfassbar!“

Hinter den Knickerbockern ertönten Schritte. Einer der beiden Krieger war aus der Pyramide getreten und marschierte die Treppe hinunter.

Gloria, die vor dem Eingang auf und ab ging, rief leise: „Paolo ... Paolo!“ Sie wollte sich wohl noch immer nicht damit abfinden, dass sich ihr Freund so verändert hatte.

Mit geröteten Augen wandte sie sich an Lilo und Dominik. „Paolo ... sein Land ... ist worden weggenommen ... hier im Wald ... gemeine Art, einfach weggenommen ... und alle Bäume gefällt ... Holz sein sehr wertvoll. Aber Paolo dafür kein Geld bekommen. Ausgetrickst von reichem Mann. Paolo zu Atalpacoa ... will Gerechtigkeit!“

Lilo schoss ein Gedanke durch den Kopf: „Es kann sehr gut möglich sein, dass Atalpacoa derjenige war, der deinen Freund Paolo um sein Land betrogen hat. Sag ihm das!“

Gloria trat zum Eingang der Pyramide und begann leise auf Paolo einzureden. Ihre Worte schienen zu wirken.

Der klein gewachsene Brasilianer kam heraus und sprach mit ihr.

Vorsichtig ging Lilo näher an die beiden heran und raunte Gloria zu: „Frag ihn bitte, ob Atalpacoa oder der Jaguar-Mann in der Stadt sind. Wenn nicht, versuch ihn zu überreden, dass er uns nach unten lässt. Vielleicht können wir zum Telefon. Das wäre unsere Rettung!"

Die Frau verschwand mit Paolo in der Pyramide. Dort konnten sie weder beobachtet noch belauscht werden. Nach kurzer Zeit kehrte sie zurück und bedeutete den Knickerbockern, ihr zu folgen.

Paolo beachtete die drei nicht, als sie an ihm vorbeihasteten und die Treppe hinunterliefen. Die Tür zum Vorraum des Geheimzimmers war offen.

Zwei tragbare Petroleumlampen standen davor. Zu ihrer Verwunderung entdeckte Lilo noch eine Tür. Ihre Neugier war so groß, dass sie sofort darauf zuging und sie zu öffnen versuchte. Der Riegel ließ sich problemlos zur Seite schieben.

Atalpacoa genoss absoluten Gehorsam und hatte es anscheinend nicht nötig, seine Räumlichkeiten abzuschließen. Keiner würde es wagen, sie zu betreten. Mit den Detektiven hatte er jedoch nicht gerechnet.

Lilo schnappte eine Petroleumlampe und leuchtete damit in das Zimmer. Was sie dort sah, ließ sie zusammenzucken.

ANKUNFT IN RIO

Es war bereits Nacht, als Poppi und Axel Rio erreichten. Duarte hatte ihnen mitgeteilt, dass er auf einem kleinen Privatflughafen landen wollte. Im Anflug drehte er einige Runden über der riesigen Stadt, die um diese Tageszeit einem einzigen Lichtermeer glich.

Die Knickerbocker hatten vor ihrer Reise eine Menge über Brasilien gelesen und erkannten nun einiges aus ihrem Reiseführer wieder. Hoch oben auf einem Berg strahlte die riesige Christusfigur, eine der beliebtesten Sehenswürdigkeiten von Rio de Janeiro. Wie ein langes weißes Band lag der weiße Strand der Copacabana zwischen der Stadt und dem Meer. Auch den sogenannten Zuckerhut entdeckten die Knickerbocker. Sie wussten, dass er das Wahrzeichen von Rio ist, und konnten ihn auf der großen Halbinsel vor der leuchtenden Stadt deutlich ausmachen.

„Am Fuß des Zuckerhutes lebt Diego de Riviera", rief Duarte den Detektiven zu. Für kurze Zeit hatten die beiden die schwierige Aufgabe, die ihnen bevorstand, verdrängt.

„Wir müssen es schaffen, wir müssen, wir müssen, wir müssen!", murmelte Axel vor sich hin.

Das Unternehmen, in das sie hineingeraten waren, schien gründlich geplant. Auf dem Flugplatz wartete bereits ein klappriger Lieferwagen. Axel und Poppi mussten im Laderaum sitzen. Duarte drückte ihnen einige alte Kissen in die Hand, die die Fahrt angenehmer machen sollten.

Der Pilot, der nach dem langen Flug sehr erschöpft wirkte, schob sich hinter das Lenkrad und fuhr los. Durch zwei kleine Guckfenster in den Seitenwänden des Wagens konnten die Knickerbocker nach draußen schauen. Vor ihnen tauchte eine fremde Welt auf.

Wie sie sahen, hatte Rio viele Gesichter: Da lebten die Ärmsten der Armen und einige Straßen weiter die Reichsten der Reichen. Hinter gigantischen

Hochhäusern erkannten die Knickerbocker kleine verwahrloste Wellblechhütten.

Die Freunde kamen aus dem Staunen nicht heraus. Auf einem Platz fand eine Samba-Vorführung statt. Frauen in glitzernden, goldbesetzten Kostümen und Männer in engen schneeweißen Anzügen tanzten ausgelassen zum Rhythmus der brasilianischen Musik. Auf demselben Platz fand auch ein lautstarkes Fußballmatch statt. Eine Schar Kinder kickte mit einer leeren Cola-Dose. Vielleicht hoffte der eine oder andere, eines Tages ein großer Fußballstar zu werden.

Nach einiger Zeit bog Duarte in eine ruhige Straße ein. Hier waren die Häuser sehr luxuriös. Sie schmiegten sich an einen Felsen, über dem sich der Zuckerhut erhob.

Schon bald hielt Duarte in einer engen Gasse und öffnete die Ladeklappe. „Seht ihr da vorn das hell beleuchtete weiße Haus?“, fragte er Axel und Poppi, die aus dem Wagen krochen.

Die beiden nickten.

„Dort wohnt Diego de Riviera.“

Axel musterte den sehr hohen Eisenzaun. Er hatte lange, lanzenförmige Spitzen. Darüberzuklettern war völlig ausgeschlossen. Zwischen Büschen und Bäumen brannten gleißend helle Scheinwerfer, die den Garten grell erleuchteten. Normalerweise haben nur Leute, die sich sehr stark vor Einbrechern fürchten, so eine Festbeleuchtung!, dachte sich Axel. Oder dieser Diego de Riviera ist ein Angeber, der mit seinem Haus protzen will.

„Hat dir Atalpacoa verraten, wie wir an diesen de Riviera herankommen sollen?"

Duarte verzog das Gesicht und nickte. „Ja. Es gibt einen einzigen Weg und der heißt ... Mitleid!"

Ohne Eile schlenderte er zur Fahrerkabine und öffnete sie. Er hantierte im Wageninneren an einer Art Korb herum. Anschließend pfiff er leise. Poppi und Axel konnten nicht erkennen, was er vorhatte.

Ein Schatten sprang heraus. Duarte schrie etwas und der Schatten setzte sich in Bewegung. Er raste auf die beiden Knickerbocker zu.

Axel brüllte aus Leibeskräften. Er starrte nämlich in das weit aufgerissene Maul eines Jaguars, in dem vier lange, scharfe Reißzähne prangten. Das Tier ging auf ihn los, riss ihn zu Boden und versuchte, in seinen Hals zu beißen.

„Hilfeeee!", kreischte Poppi. „Hilfeeeee!"

Duarte dachte offensichtlich nicht daran, den beiden zu helfen. Er stieg ins Auto und rief ihnen zu: „Kein Wort! Vergesst nicht, ihr seid stumm!“ Dann fuhr er einfach davon.

Axel wehrte sich verzweifelt. Doch er hatte keine Chance. Das Tier ließ nicht von ihm ab. Es stand mit seinen dicken Tatzen auf seinem Oberkörper und fauchte angriffslustig. Dabei warf es den Kopf unruhig hin und her. Nun fiel Axel das Blut auf, das aus dem Maul der Raubkatze tropfte. Auch ihr Fell war blutverschmiert.

Er hat mich … verletzt!, schoss es dem Knickerbocker durch den Kopf.

Poppi stand völlig hilflos daneben und zitterte am ganzen Körper. Sie wusste nicht, wie sie Axel helfen sollte. Wenn sie den Jaguar anfasste, stürzte er sich vielleicht auch auf sie. Wie sie wusste, hatte er ungeheure Kraft und konnte einen Menschen durch einen bloßen Prankenhieb schwer verwunden oder sogar töten. Warum hatte ihn Duarte auf sie gehetzt?

Auf einmal wurde das Brummen eines Motors hörbar. Kam Duarte zurück, um sie von der Raubkatze zu befreien? Zwei grelle Scheinwerfer blendeten Poppi.

Aufgeregt winkte sie mit beiden Armen und bedeutete dem Auto anzuhalten. Sie durfte kein Wort

sagen, musste aber unter allen Umständen den Fahrer des Wagens dazu bewegen, ihnen zu helfen.

Der Mann hinter dem Steuer schien sich über das Hindernis sehr zu ärgern. Ungeduldig drückte er auf die Hupe, um Poppi zu verscheuchen. Er hatte wohl den verzweifelten Axel am Straßenrand nicht gesehen.

Der Jaguar stand nun mit allen vieren auf ihm und drückte dem Detektiv mit seinem Gewicht fast die Luft ab. Immer wieder ließ das Tier den Kopf vorschnellen, als wollte er Axel in den Hals beißen.

Poppi lief bis zur Kühlerhaube des teuren Sportwagens und zeigte auf Axel. Sie klopfte auf das heiße Blech, hastete zum Fahrerfenster und wollte die Tür öffnen. Augenblicklich verriegelte der Mann das Auto. Poppi presste ihr Gesicht gegen das Glas und warf ihm einen flehenden Blick zu. Der Fahrer blickte zu Axel und dann auf Poppi. Schließlich trat er auf das Gaspedal und rollte weiter.

Poppi wollte auf Englisch „Nein, halt!" schreien, erinnerte sich aber in letzter Sekunde daran, dass sie ja keinen Ton von sich geben durfte.

Der Sportwagen fuhr auf das Gittertor zu, hinter dem die beleuchtete Villa lag. Saß Diego de Riviera am Steuer? Wenn ja, warum ließ er sich dann nicht von so einer entsetzlichen Szene rühren? War es ihm gleichgültig, dass vor seinem Haus ein Junge von einem Jaguar zerfleischt wurde?

Atalpacoa schreckt vor nichts zurück

Beinahe zur selben Zeit starrte Lilo auf drei regungslose Körper. Es handelte sich um zwei Männer und eine Frau, die steif und leichenblass auf Bahren lagen. In ihren Unterarmen steckten Injektionsnadeln, die mit einem dünnen Schlauch verbunden waren. Die Menschen bekamen also Infusionen verabreicht.

Lilo war sehr erleichtert: Die drei atmeten. Aber wer waren sie? Warum hatte man sie in einen Tiefschlaf versetzt? Lilo durchstöberte die Hosen- und Jackentaschen der Männer und holte ihre Geldbeutel heraus. Außerdem entdeckte sie neben der Frau eine kleine Handtasche aus Leder. Sie öffnete sie und fand einen Ausweis.

Gloria und Dominik waren Lilo gefolgt und standen nun neben ihr. Sie betrachteten die schlafende Frau und anschließend das Dokument. Erschrocken schnappte Gloria nach Luft.

„Was ist denn?", fragte Lilo.

Gloria nahm ihr die Geldbeutel aus der Hand und suchte nach Kreditkarten und Personalausweisen. Sie studierte die Papiere und meinte dann: „Bevor ich gekommen hierher … in der Zeitung ich gelesen einen Bericht. Diese drei Leute sind von Universität. Sie beschäftigen sich mit Regenwald. Mit … ich weiß nicht, wie ich soll sagen … mit Gold, mit Erdöl, mit Schätzen im Boden, Metallen, die hier sein sollen. Alle drei sind verschwunden … mit Flugzeug!"

Lilo schüttelte ungläubig den Kopf und sagte: „Wie wir! Atalpacoa hat sie zu sich geholt, weil er sie braucht. Aber wahrscheinlich haben sie Widerstand geleistet und sind auf seine faulen Tricks nicht reingefallen. Deshalb hält er sie in einem künstlichen Tiefschlaf, dieser Schuft. Wenn er das noch länger macht, können sie draufgehen. Er wird sie sicher erst wecken, wenn er ihr Wissen braucht. Dieses Schwein ist mit allen Wassern gewaschen!"

„Er ist der mächtige Atalpacoa – und ihr seid

nicht länger würdig, unter seinen Augen zu leben!", schrie eine bekannte Stimme hinter ihnen. Sie drehten sich entsetzt um und starrten in das wutverzerrte Gesicht des Jaguar-Mannes. Er stampfte mit seinem Speer auf den Boden und brüllte etwas auf Portugiesisch.

Gloria schlug die Hände vors Gesicht und begann heftig zu schluchzen: „Mein Paolo … er … er uns verraten! Man ihm befohlen, uns vorbeizulassen, wenn wir kommen. Er dann sofort holen den Magier. Paolo nicht geändert sich hat. Er immer sein auf Seite von Atalpacoa. Alles seine Schuld, wenn sie jetzt sein böse mit uns!"

Lilo und Dominik wichen einen Schritt zurück, als der Jaguar-Mann auf sie zukam. Atalpacoa hatte demnach alles geplant und sie ins offene Messer rennen lassen. Er hatte dafür gesorgt, dass die Straßen der Stadt menschenleer waren, und wollte sehen, was sie unternehmen würden.

„Was … was … geschieht jetzt mit uns?", krächzte Lilo. Sie brachte kaum einen Ton heraus.

Der Jaguar-Mann grinste widerlich und sagte nur: „Wir warten ab, was eure Freunde zustande bringen. Sie müssen sogar ihr Leben aufs Spiel setzen, um an den goldenen Pavian heranzukommen.

Es bleiben ihnen noch achtundvierzig Stunden. Keine Sekunde länger! Und sie werden es nicht rechtzeitig schaffen. Ich glaube einfach nicht daran. Wir hätten euch nie holen sollen. Auf Kinder ist kein Verlass. Oder doch? Nun ja, das Einzige, was zählt, ist der goldene Pavian!"

„Was geschieht jetzt mit uns? Was haben Sie vor?" Lilo blieb hartnäckig.

„Ihr werdet verreisen. Und zwar an ein wunderschönes Fleckchen Erde. Dort dürft ihr zwei paradiesische Tage genießen, bevor es euch an den Kragen geht!" Der Jaguar-Mann legte seinen Kopf in den Nacken und lachte schallend.

Sein Lachen ließ Lilo und Dominik das Blut in den Adern stocken.

In Rio meinte es das Schicksal mit ihren Freunden auch nicht besser. Poppi und Axel waren völlig verzweifelt. Poppi wollte de Riviera dazu bringen, dass er ihnen half. Hatte er ein Herz aus Stein?

Sie sah, wie ein Diener in weißer Uniform das große Gittertor öffnete und vom Fahrer, den sie für Diego de Riviera hielt, zum Wagenfenster gewinkt wurde. Er hörte zu, antwortete und verschwand dann. Nach nicht einmal einer Minute kehrte er hastig zurück und zerrte etwas hinter sich her. Mit einem lauten Zischen schoss ein starker Wasserstrahl durch die Luft. Er traf den Jaguar, der augenblicklich von seiner Beute abließ und floh.

Prustend richtete sich Axel auf und bekam den Wasserstrahl mit voller Wucht ins Gesicht, sodass er zurück auf den Asphalt geschleudert wurde. Erst jetzt bemerkte der Diener, dass die Raubkatze schon vertrieben war, und drehte das Wasser ab.

„Axel, du blutest. Bist du verletzt?“ Poppi weinte und stürzte zu ihrem Freund.

„Klappe!“, zischte dieser und versuchte, zu Atem zu kommen. Poppi schlug sich erschrocken auf den Mund und hockte sich neben ihn.

„Der Jaguar … der war mit künstlichem Blut beschmiert! Das haben die … also die Leute von Atalpacoa gemacht, damit dieser Diego de Riviera auf uns aufmerksam wird. Die schrecken wirklich vor nichts zurück!“, flüsterte Axel ihr zu.

„Und jetzt? Was sollen wir tun? Wie kommen wir an ihn heran? Dieser Typ scheint total vorsichtig zu sein, sonst wäre er doch ausgestiegen und hätte uns geholfen“, erwiderte Poppi leise.

„Das glaube ich nicht“, sagte Axel. „Hier in Rio gibt es viele Straßenkinder, die sich mit Schuheputzen, Betteln oder gar Stehlen durchbringen müssen. Vielleicht hat er das für einen Trick gehalten, um ihn zum Aussteigen zu bewegen. Und damit hat er ja auch Recht! Aber komm, wir müssen auf jeden Fall zu dem Eisenzaun und uns dort hinsetzen. Was haben der Jaguar-Mann und auch Duarte gesagt? Wir sollen Mitleid erregen!"

Gebückt schlichen die Detektive zum Gittertor. Der Diener war bereits verschwunden und auch sonst schien sich niemand in der Nähe des Zaunes aufzuhalten. Das Haus wirkte menschenleer.

Erschöpft sanken die beiden Freunde neben dem Gittertor auf eine niedrige Mauer, in der die Eisenstangen des Zaunes verankert waren. Sie fühlten sich hilflos und von aller Welt verlassen.

Angestrengt grübelten die beiden, wie sie das Vertrauen de Rivieras gewinnen konnten. „Was ist an diesem goldenen Pavian wohl dran?", überlegte Axel. „Diese Geschichte mit dem Glücks- und Unglücksbringer glaube ich nicht. Außerdem ist der Pavian kein Affe, der hier in Südamerika vorkommt. Und erst recht kein Vogel, der in das Reich des Atalpacoa passt. Nun ja, er ist immerhin aus Gold. Aber ist so ein Klumpen diesen Aufwand wert? Nein, ganz bestimmt nicht."

Poppi dachte fieberhaft nach, wie sie ihren Auftrag in so kurzer Zeit erfüllen sollten, um das Leben von Lilo und Dominik zu retten. Sie lehnte sich an Axels Schulter, weil sie kaum noch aufrecht sitzen konnte.

Ihr Freund legte schützend den Arm um sie. Er kam sich dabei wie ein echter Held vor. Bald spürte er, wie Poppis Kopf immer schwerer wurde und sie einnickte. Auch Axel übermannte der Schlaf.

Der erste Tag in Rio war bereits vergangen. Jetzt blieben Poppi und Axel nur noch achtundvierzig Stunden, um Diego de Riviera den goldenen Pavian abzuluchsen.

DIEGO DE RIVIERA

Als Axel wieder munter wurde, war es bereits ein Uhr nachts. Er hielt die schlafende Poppi im Arm und bemerkte, dass er beobachtet wurde. Langsam sah er sich um. Durch die Beleuchtung der Villa war die Umgebung gut zu erkennen. Auf einer Stange neben der Einfahrt war eine Videokamera befestigt, die genau auf die Knickerbocker gerichtet war. Axel starrte auf das schwarze Objektiv und dachte: Bitte, lass uns doch rein!

Vorsichtig nahm er den Arm von Poppi und lehnte sie an den Zaun. Er stand auf und machte ein paar Schritte. Augenblicklich schwenkte die Kamera ihm nach. Entweder tat sie das automatisch oder Diego de Riviera saß in seinem Haus und bediente sie per Fernsteuerung.

Axel ließ die Videokamera nicht aus den Augen und ging noch ein Stückchen. Dabei prallte er gegen jemanden und riss erschrocken den Kopf nach oben. Axel wurde vor Schreck kreidebleich. Vor ihm stand der Jaguar-Mann! Er hatte seinen Kopfschmuck aus Knochen, dem Jaguarschädel und den langen schwarzen Federn tief in die Stirn gezogen. Vor seinem Gesicht hing ein Fellstreifen, in den zwei Löcher zum Durchblicken geschnitten waren.

Wie kam er hierher? Warum war er ihnen gefolgt?

Axel zuckte zurück. Mit weit aufgerissenen Augen starrte er den Magier an, der drohend seinen Speer hob.

Der Jaguar-Mann befahl: „Tu so, als hättest du schreckliche Angst vor mir!"

Das war die Stimme von Duarte!

„Keine Fragen!", raunte ihm der Mann zu. Dabei hätte Axel zu gern gewusst, warum ihnen der Pilot kein Wort von dem blutverschmierten Jaguar gesagt hatte.

Jetzt war auch Poppi erwacht und presste die Hand auf den Mund, um nicht laut loszuschreien.

Die Gestalt zückte ein Messer, an dem mehrere Jaguarschwänze hingen, und richtete den Speer auf die beiden Detektive. Mit einem lauten Schrei griff er die Knickerbocker an, die auseinanderstoben und wegrannten.

Duarte verfolgte Poppi, die noch ganz verschlafen war und immer wieder stolperte. Sie hatte nicht mitbekommen, dass sie es mit Duarte zu tun hatte. Der verkleidete Pilot machte mit dem Speer beschwörende Bewegungen und stach mit dem Messer in die Luft.

Axel wurde so wütend über Duartes Verhalten, dass er Anlauf nahm und ihn von hinten anfiel. „Was soll das? Hilfst du uns oder … oder bist du doch einer von ihnen?“, sagte er außer Atem.

Der Brasilianer schüttelte ihn wie eine lästige Fliege ab und zischte: „Was macht das schon für einen Unterschied? Hauptsache, der Kerl kommt heraus, um euch zu retten. Wenn er überzeugt werden muss – bitte!“

Duarte holte mit dem Messer weit aus und Axel war klar, dass er es ernst meinte.

Da peitschte ein Schuss durch die Nacht und eine tiefe Stimme brüllte etwas. Duarte grinste Axel hämisch an, machte kehrt und verschwand in der Dunkelheit der Nacht.

Die Detektive erkannten an einem lang gezogenen Quietschen, dass das Gittertor geöffnet wurde und jemand zu ihnen kam.

Es war ein sicher zwei Meter großer Mann, der sie mit freundlichen Augen anschaute. Er streckte ihnen hilfsbereit seine Hände entgegen und nahm sie in die Arme. Auf Portugiesisch redete er mit ruhiger Stimme auf sie ein.

Als die beiden ihm nicht antworteten, schüttelte er sie leicht.

Poppi deutete auf ihren Mund und schüttelte den Kopf. Damit wollte sie ihm erklären, dass sie stumm waren. Der Mann schien dies zu verstehen und nickte. Dabei lächelte er mitfühlend.

Er nahm Poppi und Axel an der Hand, schloss das Gittertor mit einer Fernbedienung und drückte noch einen weiteren Knopf. Axel vermutete, dass nun der Draht, der von Eisenstange zu Eisenstange gespannt war, unter Strom stand, um ungebetene Gäste von der Villa fernzuhalten.

Wie zwei geprügelte Hunde trotteten die Knickerbocker neben ihrem Retter auf das Haus zu. Sie wollten verhindern, dass der Eindruck entstand, sie wären wild darauf, mitgenommen zu werden. Deshalb blieb Axel immer wieder stehen und zögerte. Jedes Mal redete der Mann beruhigend auf ihn ein und der junge Detektiv folgte ihm dann wieder ein Stück.

Schließlich erreichten sie die Villa. Sie wurden in eine große Halle geführt, deren Decke auf mehreren hohen Säulen ruhte.

Weiß schien ganz eindeutig die Lieblingsfarbe des Hausherrn zu sein. Alle Wände, Möbel und Leuchten waren weiß. Nur auf der Treppe lag ein grellroter Teppich.

Der Mann stellte sich vor und nannte seinen Namen. Axel und Poppi atmeten auf. Nun hatten sie Gewissheit: Sie standen vor Diego de Riviera!

De Riviera reichte ihnen Papier und Kugelschreiber und forderte sie auf, ihre Namen aufzuschreiben. Als Axel sofort zu schreiben begann, wurde ihm bewusst, dass er einen Fehler begangen hatte. Ein echtes Straßenkind konnte nicht schreiben. Er zögerte, aber de Riviera hatte bereits gemerkt, dass mit seinen Schützlingen etwas nicht stimmte. Wieder sprach er auf sie ein. Als die beiden aber nicht reagierten, wurde er misstrauisch und wandte sich von ihnen ab.

Nein, bitte wirf uns nicht raus!, dachte Axel. Sollte er vielleicht die Wahrheit sagen und gestehen, dass sie Deutsch sprachen?

Er schnappte sich den Block und schrieb: *Wir können Deutsch und ein bisschen Englisch und heißen Axel und Poppi!*

Diego de Riviera zog erstaunt die Augenbrauen hoch und fragte auf Deutsch: „Wie kommt ihr hierher? Wer hat euch den Jaguar auf den Hals gehetzt und warum ist dieser seltsam kostümierte Typ auf euch losgegangen?"

Jetzt hieß es gut schwindeln! Die Antwort musste so perfekt sein, dass der hilfsbereite Mann ihnen glaubte und nicht mehr daran zweifelte, sie beschützen zu müssen.

Axel kritzelte ihre angebliche Leidensgeschichte auf den Block.

Vor einem Jahr sind wir mit unseren Eltern nach Rio gekommen. Urlaub! Am Strand haben wir eine Frau kennengelernt, die uns eingeladen hat, ihre Kinder-Samba-Schule zu besuchen. Wir sind allein hingegangen und dort betäubt worden. Als wir erwachten, konnten wir nicht mehr sprechen. Wir wurden weggebracht, in eine Kohlenmine, wo wir wie Sklaven schuften mussten. Wir konnten nicht fliehen. Aber vor drei Tagen haben sie uns laufen lassen. Wir wussten nicht, warum, bis wir bemerkt haben, dass dieser Jaguar-Mann hinter uns her ist! Er jagt uns wie Tiere. Es macht ihm Spaß, uns zu verfolgen. Wir sind verzweifelt und wissen nicht mehr ein und aus.

Bitte helfen Sie uns!

Diego de Riviera schien zu überlegen, ob er diese Geschichte glauben sollte. Er betrachtete die beiden Freunde prüfend und schüttelte nach längerer Zeit den Kopf.

Oh nein, dachte Axel. Er nimmt mir mein Märchen nicht ab und wirft uns wieder hinaus. Ich habe wahrscheinlich zu dick aufgetragen …

Axel und Poppi zogen ängstlich die Köpfe ein.

DIE ZEIT LÄUFT

„So verrückt und fröhlich die Menschen in diesem Land trotz der großen Armut sein können, so grausam und brutal sind sie manchmal gegen alle, die sich nicht wehren können. Ihr müsst Entsetzliches durchgemacht haben. Morgen Früh bringe ich euch zur Botschaft eures Heimatlandes. Die Schrecken sind vorbei, das verspreche ich euch!“

Diese Worte waren für die Knickerbocker eine Erlösung. Sie hatten allerdings ein sehr schlechtes Gewissen, weil sie diesen freundlichen und herzlichen Mann anlügen und bestehlen mussten, um Lilo und Dominik zu retten.

„Eine Frage habe ich noch“, fuhr Diego de Riviera fort.

Die Detektive blickten ihn fragend an.

„Was hat euch ausgerechnet in diesen Teil der Stadt verschlagen?“

Axel wurde siedend heiß. Was sollte er antworten? Schließlich zuckte er nur mit den Schultern und deutete an, dass sie auf der Flucht gewesen und hierhergelaufen seien.

Diego de Riviera nickte und ließ es dabei bewenden. Er führte die beiden in ein riesiges Wohnzimmer, das mit Marmor ausgelegt war.

Verlegen lächelnd legte der Mann Decken auf seine weißen Polstersessel, bevor er den Knickerbockern einen Platz anbot.

„Entschuldigt, dass ich euch nicht sofort geholfen habe, aber … ich … ich habe nicht gewusst, ob es sich dabei nur um ein abgekartetes Spiel handelt, um mich zu überfallen. Ich bin natürlich sehr misstrauisch und … na ja … ist egal!“

Axel hatte das Gefühl, dass ihnen der Mann vertraute. Er sprach ganz ungezwungen mit ihnen.

„Ich versuche immer wieder, armen Kindern zu helfen. Manchmal mit Erfolg“, berichtete de Riviera. „Oft ist es aber auch sehr enttäuschend.“

An einer Wand entdeckte Axel ein großes gerahmtes Foto. Es zeigte ihren Retter mit zwei anderen Männern, die auf einer Art Brücke standen. Alle drei trugen Raumfahreranzüge und hielten ihre Helme unter dem Arm. Hinter ihnen war die Einstiegsluke zu einer Rakete zu erkennen.

Axel erhob sich und humpelte auf das Bild zu. Ihm tat zwar nichts weh, aber er fand, dass Hinken dem Eindruck, den er vermitteln wollte, nur förderlich sein konnte.

Er betrachtete die drei Männer auf dem Foto. Einer hatte viele Sommersprossen und kurze rotblonde Haare. Er strahlte siegessicher. Der andere blickte etwas zweifelnd drein und besaß ein hartes, kantiges Gesicht. Axel deutete auf den dritten und drehte sich verwundert zu de Riviera um.

„Der mit den roten Haaren heißt Morris MacMillan, der andere ist John Landers und der dritte … ja, das bin ich!", sagte de Riviera und der Stolz in seiner Stimme war nicht zu überhören. „Vor zwei Jahren war ich der erste Brasilianer im Weltraum. Ich nahm an einem Raumflug im berühmten Spaceshuttle teil. Wir sind drei Tage um die Erde gekreist und haben an Bord verschiedene Experimente gemacht. Einige waren sehr erfolgreich, andere gingen leider daneben. Na ja, nach meiner Rückkehr auf die Erde wurde ich von zahllosen Journalisten bela-

gert. Alle wollten mit mir reden. Ich habe noch heute eine eigene Fernsehsendung, in der ich das Neueste aus der Welt der Technik erkläre. Ich mache außerdem Werbung für Getränke, Elektrogeräte und Schokoriegel. Damit verdiene ich ziemlich viel Geld. Allerdings geht mir der Medienrummel auf die Nerven, deshalb habe ich mich so weit wie möglich zurückgezogen."

Der Astronaut redete und redete. Er schien froh zu sein, so dankbare Zuhörer zu haben.

„Deutsch habe ich an der Universität gelernt, Englisch auch. Portugiesisch ist meine Muttersprache und Spanisch beherrsche ich ebenfalls."

Die Knickerbocker blickten ihn mit müden Augen an und mit einem Mal schien der Mann zu begreifen, wie erschöpft sie waren.

„Ich zeige euch euer Zimmer. Legt euch hin und schlaft euch aus. Spätestens übermorgen seid ihr auf dem Weg nach Hause. Und keine Angst! In diesem Haus kann euch nichts geschehen. Es ist gut gesichert."

Die Detektive lächelten dankbar und folgten ihm in den oberen Stock. Ihr Zimmer hatte die Größe einer Sporthalle und verfügte über zwei Bäder.

„Ihr werdet alles finden, was ihr braucht. Aber

sagt, habt ihr keinen Hunger?“, wollte de Riviera wissen. Er schien ein besonders sanftmütiger und liebenswerter Mensch zu sein, zeigte sich jedoch auch immer wieder ängstlich und scheu.

Axel und Poppi hatten sogar großen Hunger und Durst und deshalb statteten sie vor dem Schlafengehen der Küche einen Besuch ab.

Kurze Zeit später lagen sie gesättigt in weichen Betten und unterhielten sich flüsternd. „Wir müssen uns beeilen, sonst bringt er uns wirklich zur Botschaft!“, meinte Poppi.

„Ich glaube nicht, dass er Atalpacoa bestohlen hat“, sagte Axel.

„Dieser Sektenführer will ganz einfach etwas haben, was de Riviera gehört. Übrigens habe ich den goldenen Pavian noch nirgends gesehen!“, erwiderte Poppi.

„Was soll das bloß alles?“, fragte sich Axel.

„Hoffentlich schlafen Lilo und Dominik auch so gut wie wir“, wisperte Poppi.

Gleich am nächsten Morgen wollten die beiden Knickerbocker sich auf die Suche nach dem goldenen Pavian machen, der für sie so wichtig war. Hoffentlich ist dieser Horror bald zu Ende!, dachte Axel, bevor er einschlief.

Lilo und Dominik verbrachten diese Nacht nicht in weichen Betten, sondern in der Gruft mit den donnernden Vögeln. Gloria war auch hierhergebracht worden, und gemeinsam setzten die drei alles daran, nicht die Nerven zu verlieren.

Als der nächste Tag anbrach, wurden sie in einen Hubschrauber verfrachtet und zu einer größeren Landebahn geflogen, wo sie in ein zweimotoriges Flugzeug umsteigen mussten. In der Maschine gab es keine Sitzreihen, es war ein Transportflugzeug. Einer der beiden Krieger, die die Gefangenen begleiteten, war Paolo. Gloria konnte ihm anscheinend nicht eine Sekunde in die Augen blicken. Den ganzen Flug über verbarg sie ihr Gesicht in den Händen. Es war für sie wohl unerträglich, einem Menschen ausgeliefert zu sein, den sie einmal sehr geliebt hatte.

Das Ziel der Reise wurde ihnen nicht verraten. Nach der Landung der Maschine auf einem anderen Flughafen hieß es abermals umsteigen. Mit einem Hubschrauber ging es weiter.

Trotz aller Anspannung starrten Lilo und Dominik gebannt aus dem Fenster. Was sie jetzt sahen, war atemberaubend schön. Unter ihnen tobten ungeheure Wassermassen. Sie flogen über einem riesigen braunen Fluss dahin. Über Felskanten donnerte das Wasser ins Tal. Hier gab es nicht einen, sondern mehr als zweihundert Wasserfälle. Aus der Schlucht, in die das Wasser stürzte, erhob sich ein gigantischer Regenbogen.

Dominik, der vor jeder Reise stapelweise Bücher über das jeweilige Land verschlang, meinte überwältigt: „Das müssen die berühmten Wasserfälle von Iguaçu sein!"

Lilos Miene war sehr ernst. „Wieso bringen sie uns gerade an diesen Ort? Was sollen wir da?"

Mehrere weitläufige, äußerst unregelmäßig geformte Inseln, die durch Brücken miteinander verbunden waren, ragten aus dem breiten Fluss. Über die Brücken konnten die Touristen zu den Wasserfällen gelangen.

Allerdings gab es auch Inseln, zu denen kein Weg führte und die besonders knapp am Abgrund lagen. Auf einer dieser flachen, breiten Inseln setzte der Hubschrauber auf. Die Krieger kletterten ins Freie. Sie holten eine grob gezimmerte Holzkiste aus dem Laderaum, gegen die sich Lilo, Dominik und Gloria während des Fluges gelehnt hatten. Dann mussten die drei aussteigen.

Als Lilo den Kopf aus dem Hubschrauber steckte,

wurde sie vom Donnern der mächtigen Wasserfälle und von Millionen Wassertröpfchen empfangen. Paolo und sein Kumpel drückten ihr eine brasilianische Tageszeitung in die Hand und hoben sie in die Kiste. Dominik und Gloria mussten sich ebenfalls hineinzwängen. Sie wurden mit einer Digitalkamera fotografiert. Danach durften sie wieder aus der Kiste steigen.

„Was haben die vor?", fragte Dominik leise.

Lilo wusste, wo sie Fotos von Leuten mit Zeitungen in der Hand gesehen hatte: in Filmen, in denen jemand entführt worden war. Die aktuelle Zeitung diente als Beweis dafür, dass das Bild nicht irgendwann, sondern an einem bestimmten Tag aufgenommen worden war.

Da entdeckte Lilo in Paolos Händen ein Metallrohr und eine Uhr. An jedem Ende des Rohrs befand sich eine große Öse, an der er gerade ein Seil befestigte. Dieses Seil zog er dann durch den Haltegriff der Kiste. Der zweite Krieger fotografierte jeden Schritt. Gemeinsam hoben sie schließlich die Kiste hoch und ließen sie ins Wasser gleiten. Wie ein Schiffchen schaukelte sie bald auf den Wellen. Während Paolo das Seil festhielt, damit die Holzkiste nicht von der Strömung abgetrieben wurde, schlug der andere einen langen Eisenpflock als Verankerung für das Halteseil in den Boden.

Lilo war sofort klar, was hier geschah. „Wir sollen jetzt bestimmt in die Kiste. Sie wird nur von dem Seil gehalten und in diesem Metallrohr ist eine Zeitschaltuhr – wahrscheinlich eine kleine Bombe. Geht sie los, reißt das Seil und wir stürzen den Wasserfall hinab. Das überleben wir nie!"

Kaum hatte sie ausgesprochen, zückten die Krieger ihre Messer und zwangen die drei Gefangenen, wieder in die Holzkiste zu steigen. Jeder Widerstand war zwecklos.

„Vielleicht schaffen es Poppi und Axel rechtzeitig", stammelte Dominik.

Er zog den Kopf ein, weil die Männer den Holzdeckel losließen. Mit kräftigen Hammerschlägen nagelten sie die Kiste zu.

Am Schaukeln und Schlingern spürten Lilo, Dominik und Gloria, dass sie nun auf den Fluss hinaustrieben und von den Wassermassen mitgerissen wurden. Ein heftiger Ruck zeigte an, dass das Seil gespannt war und den Absturz verhinderte.

Aber für wie lange? Sie bekamen kaum Luft.

Ein neuerlicher Ruck ließ die drei vor Schreck aufschreien. War das Seil gerissen?

ERFOLGLOSE SUCHE

Axel und Poppi erlebten einen schlimmen Tag. Bereits um sechs Uhr früh waren sie wach gewesen und aufgestanden. Sie durften keine Zeit verlieren. Doch wie sollten sie in diesem riesigen Haus eine Figur finden, von der sie nicht einmal wussten, wie sie aussah? War der Pavian eine naturgetreue Nachbildung oder hatte die Statue nur entfernte Ähnlichkeit mit einem Affen?

Sie begannen die Suche im untersten Stockwerk der Villa. Mit nackten Füßen schlichen die Detektive über den Gang und öffneten vorsichtig jede Tür. Trotz des Zeitdrucks nahmen sie alle Zimmer sorgfältig unter die Lupe, von der Toilette bis zum Wohnzimmer, aber von einem goldenen Pavian war keine Spur zu entdecken. Diego de Riviera hatte für Dekoratives augenscheinlich nicht viel übrig. Vasen, Gemälde oder Skulpturen waren nirgends zu sehen.

„Los, erster Stock!“, flüsterte Axel. Wieder steckten sie ihre Köpfe in alle Räume, aber ohne Erfolg. Oben gab es nur drei Zimmer.

„In einem davon muss de Riviera schlafen“, fiel Axel ein.

Doch in welchem? Axel presste sein Ohr nacheinander gegen die drei Türen und versuchte, ein Geräusch aufzufangen. Vergeblich. In allen Zimmern war es still.

Poppi entschied sich für einen Raum am linken Ende des langen Flures und drückte zaghaft die Klinke herunter. Sofort begannen im ganzen Haus Sirenen zu heulen. Die Tür wurde automatisch zugezogen und verriegelt.

„Hallo, Kinder ... seid ihr das?“, ertönte die zitternde Stimme von Diego de Riviera.

Poppi öffnete sofort den Mund, doch ihr Freund konnte ihr in letzter Sekunde die Hand vorhalten. Beinahe hätte sie Ja gesagt.

Als Antwort klopfte Axel gegen die Tür.

Jetzt wusste der Brasilianer Bescheid. Er öffnete

ihnen und drehte den Alarm ab. „Ihr habt mich gesucht, nicht wahr?"

Poppi und Axel nickten.

„Äh ... die Alarmanlage ... also sicher ist sicher, man kann nie wissen. Ihr habt bestimmt Hunger und wollt, dass ich endlich die Botschaft anrufe und wir eure Eltern suchen?"

Wieder nickten die Knickerbocker.

„Bin gleich bei euch!"

Eine Minute später erschien Diego in einem langen Morgenmantel, die Haare standen kreuz und quer von seinem Kopf ab. Gemeinsam gingen sie in die Küche. Während er das Frühstück zubereitete, verschwanden Poppi und Axel im Wohnzimmer. Sie mussten dringend etwas besprechen.

„Der Pavian ist hundertprozentig im Schlafzimmer, sonst wäre dort keine Alarmanlage", flüsterte Axel aufgeregt.

Poppi stimmte ihm zu.

„Los, ich lenke ihn ab, und du versuchst, in das Zimmer zu kommen!", forderte Axel sie auf.

Poppi rutschte fast das Herz in die Hose. „Kannst nicht du ...?"

In diesem Moment betrat der freundliche Hausherr das Wohnzimmer. Axel stieß Poppi kaum merklich mit dem Ellenbogen an, um den Plan noch einmal zu bestätigen. Sie reagierte geschickt, indem sie sich plötzlich zusammenkrümmte, als hätte sie furchtbare Schmerzen.

„Du armes Kind, tut dein Bauch weh?", erkundigte sich de Riviera besorgt.

Poppi nickte.

„Warte, ich hole einen Arzt!"

Poppi winkte schnell ab und taumelte aus dem Zimmer.

„Die Toilette ist gleich links, neben der Eingangstür", rief er ihr nach.

Axel machte ein paar Schritte, stolperte dabei absichtlich und ließ sich zu Boden fallen. Mit schmerzverzerrtem Gesicht hielt er seinen Knöchel.

De Riviera beugte sich zu ihm und untersuchte das Bein. „Gebrochen scheint es nicht zu sein."

Axel stieß herzerweichende Laute aus. Der Astronaut kümmerte sich rührend um ihn. Axel hatte sein Ziel erreicht. De Riviera war beschäftigt.

Aber wieder plagte Axel sein schlechtes Gewissen. Es war fürchterlich, diesen Mann zu betrügen. War er wirklich ein Dieb? Nein, dafür war er viel zu gutmütig.

In der Zwischenzeit hetzte Poppi in den ersten

Stock. Sie öffnete zuerst die beiden anderen Türen und blickte in ein Arbeitszimmer und in eine Abstellkammer. Danach holte sie tief Luft und wagte es noch einmal, die Klinke zu de Rivieras Schlafzimmer niederzudrücken.

Ein Stein fiel ihr vom Herzen, als kein Alarm ausgelöst wurde. Sie schlüpfte hinein und sah sich hastig um. An der linken Seite des Raumes stand ein breites Bett. Der Tür gegenüber befand sich eine riesige Glaswand, durch die man einen tollen Blick auf den Zuckerhut hatte. Rechts davon erstreckte sich ein langer Wandschrank mit zahlreichen Türen und Schubladen.

Poppis Hände waren schweißnass, als sie den Schrank durchsuchte. Klamotten, Klamotten, nichts als Klamotten! Diego de Riviera musste sich siebenmal am Tag umziehen, so viele Kleider besaß er. Weit und breit fand sie aber keine goldene Statue.

Poppi kam ein Gedanke, der entsetzlich war: Wäre es nicht logisch, ein so wertvolles Stück in einem Safe aufzubewahren? Sie konnte diese Frage nur mit Ja beantworten.

Entmutigt tappte das jüngste Mitglied der Knickerbocker-Bande nach unten. Verdammt, die Zeit verrann und sie hatten nichts gefunden.

„Geht es dir besser?“, erkundigte sich Diego de Riviera, als sie in das Wohnzimmer zurückkehrte.

Poppi lächelte schwach.

Axel wusste, was das zu bedeuten hatte.

Trotz ihres Heißhungers schmeckte den beiden das Frühstück nicht. Sie brachten kaum einen Bissen hinunter. Als sich der Astronaut ans Telefon setzte, um die Botschaft zu verständigen, musste er zu seiner großen Überraschung feststellen, dass die Leitung unterbrochen war.

„So ein Unglück“, jammerte er. „Ich werde in die Stadt fahren und persönlich vorsprechen müssen. Aber ihr … ihr kommt besser nicht mit. Euer Zustand ist zu schlecht. Los, schreibt mir alles auf. Eure Namen, Anschrift, alles, was euch einfällt!“

Die Detektive schwindelten und gaben falsche Namen und Adressen an. Sie hofften, dass dies de Riviera aufhalten würde und sie noch einmal in Ruhe das Haus durchsuchen konnten.

Ihr Gastgeber schärfte ihnen ein, nicht in den Garten zu gehen. Sie würden im Haus alles finden, was sie brauchten. Auf der Rückfahrt wollte er den Arzt abholen und mitbringen.

Kaum war der Mann gegangen, starteten Poppi und Axel einen neuen Streifzug durch die Villa. De

Rivieras Diener schien seinen freien Tag zu haben: Die Knickerbocker waren völlig allein im Haus! Sie stöberten überall, aber es brachte nichts. Es war bereits fünfzehn Uhr, als Axel in einem Wandschrank einen Tresor entdeckte. Er war von einer Holzplatte verdeckt und auf den ersten Blick nicht zu erkennen gewesen. Allerdings musste man die Ziffernkombination kennen, um ihn zu öffnen. Entmutigt ließ Axel sich auf den Boden sinken. Was sollten sie nur machen? Wie konnten sie Lilo und Dominik retten?

Der Nachmittag verging, aber de Riviera kehrte nicht zurück. Es war schon kurz nach sechs Uhr und die beiden Detektive wurden ungeduldig. Der zweite Tag war fast vorbei und sie hatten den goldenen Pavian nicht gefunden. Der Einzige, der ihnen helfen konnte, war der Astronaut selbst. Poppi spähte durch das Küchenfenster zur Einfahrt. De Rivieras Wagen war noch nicht zu sehen. Dafür entdeckte sie Duarte. Er stand vor dem Tor und starrte auf das Haus.

Poppi lief zu ihrem Freund und erzählte ihm von ihrer Beobachtung.

„Der will etwas von uns. Los, wir müssen zu ihm!“, rief Axel und rannte in den Garten hinaus.

Duarte gab ihnen ein Zeichen, zu ihm zu kommen. Er streckte seinen Arm durch die Eisenstangen des Zauns und drückte den beiden Knickerbockern einen Packen Fotos in die Hand.

„Eure Freunde sitzen in dieser Kiste, die von einem einzigen Seil gehalten wird. Wenn ihr morgen Früh den goldenen Pavian habt, werdet ihr zu ihnen gebracht und dürft die kleine Bombe entschärfen, die um Punkt achtzehn Uhr achtzehn das Seil zerstören wird. Doch solltet ihr es nicht schaffen, werden sie den Wasserfall hinabstürzen!"

Axel zog grimmig die Stirn in Falten. „Du gehörst zu Atalpacoas Mannschaft. Du hast uns für diesen verdammten Job ausgesucht, weil du gesehen hast, dass wir dicke Freunde sind. Aber wir haben uns von euren Zermürbungstricks nicht einschüchtern lassen. Deshalb seid ihr jetzt so brutal, ihr Schweine!"

Duartes Gesicht, das den Knickerbockern zu Beginn des Rundfluges über den Regenwald so freundlich erschienen war, erstarrte. Erst jetzt erkannten Poppi und Axel die fiesen Züge um den Mund des Mannes.

„Wir können den Pavian nicht finden! Es gibt hier keinen!", schluchzte Poppi.

„Dann fühlt doch dem netten Herrn ein wenig auf den Zahn“, schlug Duarte vor. „An eurer Stelle würde ich mich beeilen!“

DAS GESTÄNDNIS

Kurz vor sieben Uhr kehrte Diego de Riviera nach Hause zurück. Er war sehr aufgebracht und bebte am ganzen Körper.

„Die Polizei kommt in Kürze", teilte er den Knickerbockern mit. „Alles, was ihr mir erzählt habt, ist falsch!" Empört riss er Axel und Poppi an den T-Shirts, die er ihnen geborgt hatte, damit sie nicht mehr ihre zerfetzten Sachen hatten tragen müssen. „Ich will wissen, was hier gespielt wird!", brüllte er.

Axel ging aufs Ganze. „Wir … wir sagen Ihnen alles, aber bitte, bitte, hören Sie uns zu und glauben Sie uns. Es geht um das Leben unserer Freunde – und das können wir beweisen."

Er streckte dem Astronauten die Fotos entgegen, die Duarte ihnen gebracht hatte.

Diego betrachtete sie argwöhnisch. „Ah, jetzt kannst du auf einmal sprechen! Sehr interessant! Und das sind eure Freunde?“, fragte er.

„Ja, das sind Lilo und Dominik.“ Im Telegrammstil berichteten Poppi und Axel, was sie in den vergangenen Tagen durchgemacht hatten.

„Wir müssen den goldenen Pavian unbedingt abliefern, sonst ist es um unsere Freunde geschehen. Dieser Atalpacoa ist ein grausamer, gemeiner Kerl, der vor nichts zurückschreckt!“

De Riviera sprang aus dem Sessel, in dem er Platz genommen hatte, und ging im Zimmer auf und ab. Da klingelte es. Der Mann lief ins Vorzimmer und die Detektive folgten ihm. Auf einem Bildschirm war zu sehen, wer vor dem Gittertor stand. Es waren zwei Polizisten.

Diego de Riviera wechselte mit ihnen über die Gegensprechanlage einige Worte. Die beiden Polizisten tippten sich schließlich an die Stirn und machten kehrt.

Axel und Poppi atmeten erleichtert auf. Ihr Retter hatte die Männer weggeschickt, er schien ihnen zu glauben.

„Bitte, bitte, geben Sie uns den goldenen Pavian!“, flehten die beiden.

Der Astronaut wirkte unschlüssig. Er fuhr sich durch sein schwarzes Haar und wischte sich übers Gesicht. „Es hat ... es hat so kommen müssen ... Es war der größte Fehler, den ich in meinem Leben begangen habe“, begann er zu erzählen.

Poppi und Axel hatten keine Lust auf lange Berichte, sie wollten nur die Figur, aber Diego de Riviera wollte ihnen alles schildern.

„Hört zu“, fuhr er fort. „Ihr bekommt den goldenen Pavian. Aber ihr sollt wissen, welche Folgen das für mich hat. Ich werde nämlich ins Gefängnis wandern. Die Menschen, die mich heute bewundern, werden mich morgen verachten.“

Die Detektive trauten ihren Ohren nicht. Wovon sprach der Mann?

„Meine Eltern waren so arm, dass wir nicht einmal ein Dach über dem Kopf hatten. Wir sind umhergewandert und ich habe mir bald mit Schuheputzen mein Brot verdient. Ein Pater war es, der mich auf der Straße aufgelesen und in ein Heim gebracht hat. Dort bin ich groß geworden. Ich war der Beste in der Schule und später habe ich sogar ein Stipendium für die Universität bekommen. Nie wieder arm sein, das war mein einziger Gedanke. Könnt ihr euch vorstellen, was es für mich bedeutet hat, als ich erfuhr, dass *ich* es war, der an dem Raumflug teilnehmen sollte? Es war für mich der Höhepunkt meines Lebens. Aber ich wollte mehr – und da kam auch ein Angebot. In der Raumfähre haben wir unter anderem ein neues Gerät getestet, das vom Weltall aus die Erde fotografieren und dabei nach Bodenschätzen suchen konnte. Durch die Messung spezieller Strahlungen sollte es möglich sein, Bilder anzufertigen, auf denen genau zu sehen war, wo es sich lohnte, nach Erdöl zu bohren, und wo nicht. Auch Bodenschätze wie Gold sollten auf den Fotos erkennbar sein.

Einige Wochen vor meinem Start in den Weltraum nahm jemand mit mir über Mittelsmänner Kontakt auf. Dem Auftraggeber sollte ich nie persönlich begegnen. Dieser Unbekannte wusste von der neuartigen Kamera und bot mir viele Millionen Dollar, wenn ich für ihn Bodenschatzfotos des Regenwaldes in Brasilien anfertigte. Niemand durfte davon erfahren. Die Welt sollte denken, das Gerät hätte gar nicht funktioniert!

Wisst ihr, es gab schon immer Vermutungen, dass es in diesem Gebiet besonders reichhaltige

Ölvorkommen gibt. Die Aufnahmen sollten es beweisen und langes Suchen ersparen. Ich ...", de Riviera tat sich sehr schwer weiterzureden, „ich ... habe zugestimmt und es wirklich getan. Den Chip mit den Bildern hatte ich in meinem Raumanzug versteckt. In der Kamera steckte ein unbrauchbarer Chip. Das Gerät wurde als funktionsuntauglich abgestempelt und ins Entwicklungslabor zurückgeschickt.

Meinem Auftraggeber habe ich aber von insgesamt siebzig Fotos nur einen einzigen Abzug verkauft. Ich habe einfach behauptet, es gäbe nicht mehr. Er war jedoch überzeugt, dass ich ihm etwas vorenthielt, und bestand auf der Herausgabe des fehlenden Materials. Da habe ich den Preis erhöht und seither nichts mehr von ihm gehört. Ich zog mich in dieses Haus zurück und habe niemandem vertraut. Ständig musste ich davor Angst haben, dass der Unbekannte zuschlagen könnte. Allerdings habe ich einem seiner Mittelsmänner gesagt, die restlichen Bilder lägen an einem Ort, den nur ich kenne. Wenn mir etwas zustößt, wären sie für immer verloren.

Ich habe natürlich nie damit gerechnet, dass er zu so schrecklichen Mitteln greifen würde. Nein, es dürfen keine Kinder sterben! Schon gar nicht meinetwegen! Ihr bekommt die Fotos."

Axel und Poppi schwiegen. Das Geständnis bewegte sie sehr.

„Aber was hat das alles mit einem goldenen Pavian zu tun? Wo ist die Figur?", fragte Axel leise.

„Eine Figur? Nein, der goldene Pavian ist keine Figur. Das war der Kodename des Projektes", antwortete der Astronaut mit tonloser Stimme.

„Na, da hätten wir ja ewig nach einer Affenstatue suchen können!", rief Axel empört.

De Riviera ging nach oben und kehrte kurz darauf mit einer Metallkassette zurück. Er öffnete sie und reichte den Detektiven einen Umschlag, in dem der Chip steckte.

„Das sind die Aufnahmen. Bitte, gebt sie diesem Wahnsinnigen und rettet eure Freunde!"

„Oh nein!", rief Poppi entsetzt. „Axel, wir haben ja keine Ahnung, wann und wo wir den Chip abliefern sollen. Duarte hat uns nicht gesagt, wann er sich wieder sehen lässt!"

Langes, banges Warten begann. Würde der Komplize Atalpacoas je wieder auftauchen?

EIN SCHWERER IRRTUM

Die Nacht schien kein Ende zu nehmen. Poppi und Axel weigerten sich, zu Bett zu gehen. Sie standen am Fenster, von dem sie den besten Blick auf das Gittertor hatten, und ließen es nicht aus den Augen. Die Knickerbocker waren fest davon überzeugt, dass Duarte dort wieder erscheinen würde.

Einige Male nickten sie ein und schreckten nach kurzem Schlaf benommen auf. De Riviera versorgte sie rührend. Er brachte ihnen Decken und etwas zu trinken, überredete sie, doch etwas zu essen, und wollte immer wieder die Polizei rufen.

„Nein, das ist unmöglich!", versicherte ihm Axel beschwörend. „Stellen Sie sich vor, die Gangster werden durch die Polizei abgeschreckt. Dann erfahren wir nie, wo sich Lilo und Dominik genau befinden, und sie stürzen den Wasserfall hinunter. Nein, wir müssen sie retten."

Insgeheim befürchtete er jedoch: Wenn es überhaupt noch eine Rettung für sie gibt.

Erst um neun Uhr am Vormittag kam Duarte. Lässig schlenderte er den Zaun entlang und zündete sich eine Zigarette an.

De Riviera wollte Axel und Poppi nicht gehen lassen, aber die beiden rissen sich los und stürmten durch den Garten. De Riviera öffnete mit der Fernsteuerung das Gittertor.

Sie hatten vereinbart, dass sich die Knickerbocker sofort bei ihm melden würden, sobald sie an ein Telefon herankämen. Bis dahin sollte seine Leitung wieder funktionieren.

„Na, habt ihr alles?", fragte Duarte mit einem schmierigen Grinsen.

„Warum hast du uns nicht gesagt, um was es sich bei dem Pavian handelt?", zischte Axel ihm zu.

„Damit ihr euch etwas anstrengen müsst und den Clown in der Villa wirklich dazu bringt, das Zeug herauszurücken."

Mit einer schnellen Handbewegung riss er Axel den Umschlag mit dem Chip aus der Hand. „Ich hoffe, ihr seid nicht auf die Idee gekommen, die Polizei zu verständigen. Sonst wäre es nämlich um eure Freunde geschehen."

Poppi, die normalerweise sanft und freundlich war, schäumte vor Wut: „Wir sind doch keine Idioten – und jetzt bring uns endlich zu Lilo und Dominik! Wo sind sie?"

Der Pilot gab keine Antwort, sondern ging zu einem klapprigen Wagen. Er ließ die Knickerbocker hinten einsteigen und fuhr zu dem Flugplatz, den sie bereits kannten.

Ihre Reise begann in einer kleinen Maschine, später stiegen sie in einen Hubschrauber um. Dieser brachte sie zu der kleinen Insel am Rande der tosenden Wasserfälle von Iguaçu.

Als der Hubschrauber gelandet war, kletterten Poppi und Axel mit zitternden Knien heraus und blickten sich um.

Wo waren ihre Freunde? Wo war diese Holzkiste mit der Zeitschaltuhr vertäut? Es war erst zwei Uhr am Nachmittag, also hatten sie noch die Chance, die Bombe zu entschärfen. Doch die Kiste war weit und breit nicht zu sehen.

„Was soll das? Wo sind unsere Freunde?", brüllte Axel und schlug mit den Fäusten auf Duarte ein.

Der Pilot zwang ihn, still zu sein. „Nur keine Aufregung, sie sind hier."

Duarte zerrte Axel ohne ein weiteres Wort auf die andere Seite des Helikopters. Das jüngste Mitglied der Knickerbocker-Bande trippelte ratlos hinterher. Unter einer Baumgruppe hockten Lilo und Dominik auf dem Boden. Sie waren gefesselt und Rücken an Rücken gebunden, Gloria saß neben ihnen. Die beiden Krieger bewachten sie.

Die drei Gefangenen waren wieder aus dem Wasser gezogen und aus der Kiste herausgeholt worden. Wozu das gut gewesen sein sollte, verstanden sie beim besten Willen nicht. Hatte das Spektakel nur für Fotozwecke stattgefunden, damit ihre Freunde überzeugt werden konnten, wie ernst es Atalpacoa meinte? Oder hatten die zwei Krieger ihren Spaß haben wollen und sie deswegen in Angst und Schrecken versetzt?

Die beiden Neuankömmlinge wurden nun auch gefesselt. Brutal stießen die Männer Axel und Poppi zu den anderen Gefangenen.

Duarte strahlte übers ganze Gesicht und meinte bösartig: „Vielen Dank, ihr habt tolle Arbeit geleistet! Das habe ich aber auch von euch erwartet, als ihr mir bei unserer ersten Begegnung von euren

Heldentaten vorgeschwärmt habt. Ihr wart genau die Richtigen für unser Vorhaben. Daran habe ich keinen Augenblick gezweifelt. Allerdings habt ihr uns auch viel Ärger bereitet und Morris …"

Der Pilot stutzte und biss sich auf die Unterlippe. Gleich darauf grinste er wieder und sagte: „Jetzt könnt ihr es ja wissen. Atalpacoa heißt in Wirklichkeit Morris MacMillan."

Axel horchte auf. „Das ist doch einer der Astronauten, die mit de Riviera im Spaceshuttle geflogen sind!"

Duarte gab ihm Recht: „Schlaues Bürschchen. Morris ist mein Cousin und ein genialer Kopf. Er ließ de Riviera die Drecksarbeit mit den kostbaren Fotos machen. Allerdings hat sich der gute Mann dann nicht so verhalten, wie wir es vereinbart hatten. Er hat uns ziemlich an der Nase herumgeführt. Wir konnten nichts gegen ihn unternehmen, da die Gefahr zu groß war, dass er die Aufnahmen tatsächlich zerstören würde. Deshalb mussten wir ihn mit einer List dazu bringen, den Kamerachip herauszurücken. Mit diesen Bildern werden wir den Regenwald zu Gold machen!"

Poppi schnaubte empört: „Jaja, abholzen und Tiere töten und das Klima der Erde zerstören!"

Duarte hörte so etwas anscheinend nicht gern. „Halt die Klappe, Kleine!“, schnauzte er sie an.

„Bringen Sie uns jetzt endlich von hier fort!“, verlangte Dominik.

Duarte brach in lautes Gelächter aus und schüttelte langsam den Kopf. „Oh nein, ihr denkt doch nicht, dass wir euch laufen lassen können, Kinderchen. Dafür wisst ihr zu viel. Und da ihr euch sicher nicht zu Anhängern Atalpacoas und willigen Arbeitssklaven umformen lasst, werden wir uns für immer von euch verabschieden müssen!“

Dann befahl Duarte den beiden Kriegern, zur Tat zu schreiten.

Die Knickerbocker schrien, so laut sie konnten, als sie in die Kiste verfrachtet wurden. Gloria kam als Letzte dran. Wie in Trance ließ sie sich in die Holzkiste pferchen. Sie hatte offensichtlich bereits mit ihrem Leben abgeschlossen.

GERETTET!

„Ihr habt den Chip mit den Aufnahmen pünktlich abgeliefert. Also werden wir jetzt auch pünktlich sein!“, witzelte Duarte. „Um achtzehn Uhr achtzehn wird eure letzte große Fahrt beginnen, den Wasserfall hinab. Wozu haben wir schließlich diesen großartigen Zeitmechanismus angefertigt!“

Die Krieger nagelten die Holzkiste sorgfältig zu. Die Detektive rissen an ihren Fesseln und versuchten, sich davon zu befreien, aber die Seile waren zu fest zugezogen. Sie schrien um Hilfe und strampelten. Dabei verletzten sie sich aber nur gegenseitig. Gloria hatte inzwischen leise zu weinen begonnen.

„Wir müssen uns unbedingt losmachen, dann haben wir vielleicht eine Chance“, rief Lilo.

In diesem Moment wurde die Kiste ins Wasser gelassen und trieb auf den Fluss hinaus. Es gab einen kräftigen Ruck, als sich das Halteseil spannte und die Gefangenen vor einem Absturz bewahrte. Das Tau ächzte und krachte bedenklich. Außerdem schienen die Bretter der Kiste das Gewicht ihrer Insassen nicht auszuhalten. Durch die Ritzen drang Wasser ein. Die Kiste drohte zu sinken.

„Nein, bitte nicht!", kreischte Poppi.

„Ruhe, gebt Ruhe! Bewegt euch nicht!", befahl Lilo. „Das macht alles nur schlimmer! Wir dürfen jetzt nicht die Nerven verlieren, wir müssen versuchen, die Fesseln aufzuknüpfen."

Aber in der Dunkelheit der schwankenden Kiste war das kaum möglich. Als Axel endlich die Fesseln von Lilo und Dominik in die Hand bekommen hatte, schlingerte die Kiste und er wurde zur Seite geschleudert. Das Tosen des Wasserfalls wurde für die Gefangenen immer lauter und bedrohlicher.

„Es hat keinen Sinn!", schluchzte Dominik.

Wie auf Kommando verharrten sie nun völlig regungslos. Kein Wort wurde mehr gesprochen, kein Schrei war mehr zu hören. Das Wasser stand schon zwanzig Zentimeter hoch und zog die Holztruhe in die Tiefe. Das Seil knarrte Unheil verkündend.

Da! Ein starker Ruck!

Axel, Lilo, Poppi, Dominik und Gloria schrien um ihr Leben, als sich die Kiste in Bewegung setzte. Sie wurden gegen die Holzwände geworfen und versuchten verzweifelt, sich aneinander festzuhalten. Das Wasser schwappte hoch und klatschnass rangen die Knickerbocker nach Luft.

„Hilfe!“, brüllten sie wie am Spieß.

Auf einmal rief Poppi: „He! Hört mir mal zu … Ruhe! Wir stürzen gar nicht ab … wir werden zurückgezogen! Habt ihr mich verstanden? Zurückgezogen!“

Gleich nach dem entsetzlichen Ruck hatte Poppi zu zählen begonnen, sie wusste selbst nicht, warum. Mittlerweile war sie bei zwanzig angekommen, und so lange konnte es nicht dauern, bis die Holzkiste abstürzte. Der Weg zur Wasserfallkante betrug ja nur ein paar Meter.

Poppi hatte Recht: Die Holzkiste wurde an Land gezogen. Schon bald war das Knirschen der Steine zu hören, als der schwimmende Sarg das Ufer erreichte. Die Knickerbocker und Gloria zogen die Köpfe ein, als der Deckel aufgestemmt wurde.

Das Licht der Nachmittagssonne strahlte für die Gefangenen so hell und freundlich wie nie zuvor.

Vorsichtig lugten sie aus der Kiste … und erblickten das Gesicht von Paolo!

Gloria konnte es nicht fassen. Ihr Freund stand vor ihnen, hielt eine Pistole in der Hand und hatte sie auf Duarte und den anderen Krieger gerichtet, die folgsam seine Befehle ausführten.

„Paolo!“, jubelte Gloria.

Zähneknirschend musste der Pilot ihre Fesseln abnehmen. Danach befreite Gloria die vier Knickerbocker-Freunde, die überglücklich aus der Kiste sprangen.

Wenige Sekunden später explodierte die kleine Zeitbombe und die leere Holzkiste wurde abgetrieben. Im Nu erreichte sie die Kante des Wasserfalls und war verschwunden.

Gloria redete wie wild auf Paolo ein, der immer wieder nickte und lächelte. Trotzdem ließ er die beiden Ganoven nicht aus den Augen.

„Paolo hat gespielt Theater. Er schon lange nicht mehr getrunken den roten Saft. Er haben gewusst, was sie machen wollen mit uns. Ganze Zeit er gewartet auf Gelegenheit, damit er kann retten uns. Duarte er weggenommen Waffe schnell. Jetzt sie müssen machen, was er will."

Der Pilot wurde von Paolo gezwungen, Gloria und die vier Detektive zurückzufliegen. Nach der Landung wurden er und der Krieger verhaftet.

Am Abend konnte Poppis Mutter, die vor Sorge einen Nervenzusammenbruch erlitten hatte, ihre Tochter endlich in die Arme schließen.

„Genug, Mama, später!", meinte Poppi matt und wand sich aus der allzu heftigen Umarmung. „Jetzt muss ich schlafen, schlafen und nochmals schlafen! Gute Nacht!"

Atalpacoa konnte gefasst und als Morris MacMillan entlarvt werden. Seine Anhänger wurden in Krankenhäuser gebracht, wo man sie von ihrer Sucht heilen und wieder auf ein normales Leben vorbereiten wollte.

Die Idee mit der Aztekenstadt im Dschungel und der Sekte stammte übrigens gar nicht von Morris MacMillan, sondern von dessen Bruder Sam, dem Jaguar-Mann. Dieser hatte die Pyramide über dem Loch einer Probebohrung errichten lassen – und zwar von den ersten Anhängern Atalpacoas. Das lag schon Jahre zurück. Für die geplanten Arbeiten benötigten die Brüder natürlich mehr Sklaven und die holten sie sich. Unter ihnen waren auch hochqualifizierte Fachkräfte. Nicht immer hatte Atalpacoas Zermürbungstaktik funktioniert. Wie zum Beispiel bei den drei Wissenschaftlern, die er in einen Tiefschlaf versetzt hatte.

De Riviera stellte sich der Polizei und wurde verhaftet. Übrigens ergab sich bei der Prüfung des sichergestellten Chips, dass er völlig wertlos war.

De Riviera schickte den Knickerbockern einen Brief, den sie erst erhielten, als sie bereits wieder in ihrer Heimat waren.

Ich hoffe, ihr habt alle Schrecken gut verdaut und seid wohlauf!, schrieb er. *Ich habe euch sehr bewundert und möchte euch bitten, nie auf die schiefe Bahn zu geraten, wie es bei mir der Fall war. Aber wahrscheinlich muss ich mir um euch überhaupt keine Sorgen machen!*

Lilo schüttelte den Kopf. „Nein, das muss er wirklich nicht."

„Halt, da steht ja noch etwas!", meinte Axel und las den Nachsatz des Briefes vor: *„Liebe Freunde, bitte, passt auf euch auf und begebt euch nie wieder in so große Gefahr."*

Lilo lachte und sagte: „Als ob wir das absichtlich getan hätten! Diesmal ist das Abenteuer auf uns zugeflogen oder besser gesagt, wir sind richtiggehend hineingestürzt!"

Bei dem nächsten Abenteuer der Knickerbocker-Bande sollte das anders sein. Da würde den Detektiven etwas Unglaubliches entgegenwanken, im Tal der Donnerechsen!*

---

*siehe Krimiabenteuer Nr. 27: Im Tal der Donnerechsen

NORD-ATLANTIK
VENEZUELA
KOLUMBIEN
RIO NEGRO
MANAUS
AMAZONAS
BELEM
RIO TOCANTINS
BRASÍLIEN
PERU
BRASÍLIA
SALVADOR
RIO SÃO FRANCISCO
BOLIVIEN
RIO PARANA
PARAGUAY
IGUAÇU
RIO DE JANEIRO
SÃO PAULO
CHILE
SÜD-PAZIFIK
SÜD-ATLANTIK
ARGENTINIEN

DER KNICKERBOCKER BANDENTREFF

Werde Mitglied im Knickerbocker-Detektivclub! Unter *www.knickerbocker-bande.com* kannst du dich als Knickerbocker-Mitglied eintragen lassen. Dort erwarten dich jede Menge coole Tipps, knifflige Rätsel und Tricks für Detektive. Und natürlich erfährst du immer das Neueste über die Knickerbocker-Bande.

Hier kannst du gleich mal deinen detektivischen Spürsinn unter Beweis stellen – mit der Detektiv-Masterfrage, diesmal von Poppi:

LIEBE FREUNDE,

ich weiß, ich bin ein Angsthase, aber bei diesem Abenteuer hätte sich bestimmt jeder fast in die Hosen gemacht. Erst wären wir beinahe abgestürzt und dann kamen diese komischen Leute mit ihren Specren und habcn uns gefangen genommen. Die Nacht auf dem Seerosenblatt war noch harmlos im Vergleich zu den Stunden in Rio. Ich dachte schon, wir würden Lilo und Dominik nie mehr wiedersehen.

Ach, hätten wir doch nur Lilos Pfeifzeichen gleich richtig verstanden und ernst genommen.
Vielleicht hätten wir uns dann eine Menge Ärger erspart.
Wie steht's eigentlich mit deinen Detektivkenntnissen?
Weißt du, was uns Lilo mit dem Pfeifsignal – dreimal kurz, zweimal lang, einmal kurz – sagen wollte?

Die Lösung gibt's im Internet unter
www.knickerbocker-bande.com.
Achtung: Für den Zutritt brauchst du einen Code.
Er ergibt sich aus der Antwort auf folgende Frage:

In welcher Zeit lebten die Azteken?

Code
88218 Vor ungefähr dreihundert Jahren
23116 Etwa hundert Jahre vor Christus
47152 Zwischen dem vierzehnten und frühen sechzehnten Jahrhundert

Und so funktioniert's:
Gib jetzt den richtigen Antwortcode auf der Webseite unter **MASTERFRAGE** und dem zugehörigen Buchtitel ein!

Alles Gute bis zum nächsten Abenteuer!
Deine

Poppi

HALLO THOMAS!

Wolltest du schon immer Schriftsteller werden?
Zuerst wollte ich Tierarzt werden, aber ich habe beim Studium schnell erkannt, dass das kein Beruf für mich ist. Geschichten habe ich mir immer schon gerne ausgedacht und geschrieben habe ich auch gerne. Allerdings nicht in der Schule, denn meine Deutschlehrer waren immer nur auf Fehlerjagd. Geschrieben habe ich mehr für mich und durch viele Zufälle ist aus dem Hobby ein Beruf geworden.

Wie lange brauchst du für ein Buch?
Ganz unterschiedlich. An guten Tagen schaffe ich etwa 20 Buchseiten. Es gibt auch Tage, an denen ich nur wenig schaffe. Trotzdem setze ich mich immer hin. Ich höre übrigens immer mitten im Satz zu schreiben auf.
Am nächsten Tag fällt das Anfangen dann viel leichter.

Erfindest du alles, was in deinen Büchern steht, oder recherchierst du viel?
Natürlich recherchiere ich, wenn es das Thema verlangt. Sehr gründlich. Das ist auch wichtig für mich, weil ich mich sonst beim Schreiben nicht sicher fühle. Zum Recherchieren bin ich schon U-Boot gefahren, durfte einmal als Flugschüler ein kleines Flugzeug steuern, habe einen Sturzflug miterlebt, Tierpfleger bei der Arbeit begleitet, lange

Gespräche mit Tierschützern geführt und viele Städte und Länder bereist. Die Geschichten selber entstehen natürlich in meiner Fantasie.

Woher nimmst du eigentlich deine Ideen?
Hm, das ist mir selbst ein Rätsel. Sie kommen ganz einfach. Ich ziehe Ideen an wie ein Magnet … Ich halte Augen und Ohren weit offen und fange sie auf diese Weise ein. In meinem Kopf reifen sie dann. Manche ein paar Wochen, andere ein paar Jahre. Von 1000 Ideen setze ich aber nur vielleicht 30 um. Ich sammle ständig und überall. Oft genügt ein winziger Anstoß und auf einmal wächst daraus die Geschichte.

Entstehen deine Geschichten erst beim Schreiben am Computer oder hast du sie schon vorher ganz genau in deinem Kopf?
Mehr als zwei Drittel sind fertig, wenn ich mich zum Schreiben hinsetze. Ich notiere jede Idee in einen Mini-Computer, den ich immer dabeihabe, aber nur aus einigen werden dann Geschichten. Manchmal braucht das „Wachsen" ein paar Wochen, manchmal ein paar Jahre.

Was ist das für ein Gefühl, wenn man so bekannt ist?
Ich finde es toll, wenn ich Briefe und E-Mails von Lesern bekomme, die mir erzählen, wie viel Spaß und Spannung sie beim Lesen hatten. Das ist für mich ein wunderbares Gefühl. Schließlich schreibe ich nicht, um bekannt zu sein, sondern weil es für mich die tollste Sache der Welt ist.

Ravensburger Bücher

Habe ich	Fehlen mir		ISBN 978-3-473-
O	O	**Das Internat der Geister**	47095-2
O	O	**Der Computerdämon**	47098-3
O	O	**Der Turm des Hexers**	47088-4
O	O	**Das Amulett des Superstars**	47124-9
O	O	**Wenn der Geisterhund heult**	47089-1
O	O	**Das Mädchen aus der Pyramide**	47090-7
O	O	**Spuk im Stadion**	47096-9
O	O	**Im Bann des Geisterpiraten**	47099-0
O	O	**Die Monstermaske der Lagune**	47125-6
O	O	**Der Meister der Dunkelheit**	47130-0
O	O	**Der Spinnenmagier**	47155-3
O	O	**Das Kabinett des Dr. Horribilus**	47127-0
O	O	**Fußball des Schreckens**	47150-8
O	O	**Das Geheimbuch für Detektive**	47139-3

Ravensburger

HC_08_100

Ravensburger Bücher

Thomas Brezina

Der Eiskalte Troll

Band 29

Ein Troll aus Eis bewacht riesige Reichtümer! Die Knickerbocker glauben, dass in dieser Geschichte ein Funken Wahrheit steckt. Warum sonst sollte ein kaltblütiger Verbrecher alles dransetzen, den Schatz zu finden? Weiß er, was sich dahinter verbirgt? Die Jagd nach dem sagenumwobenen Schatz führt die Detektive in die einsamen Fjorde Nordnorwegens ...

ISBN 978-3-473-**47153**-9

Thomas Brezina

Das Riff der Teufelsrochen

Band 33

„Haltet den Dieb!" Kaum sind die Detektive auf der Insel Mauritius gelandet, macht sich ein unheimlicher Mann an Poppis Jackentasche zu schaffen. Doch zu ihrer größten Verwunderung hat er nichts geklaut, sondern ihr heimlich zwei Tresorschlüssel zugesteckt. Noch ahnen die Freunde nicht, dass diese Gegenstände sie in die Tiefen des Meeres führen werden, wo gigantische Teufelsrochen lauern ...

ISBN 978-3-473-**47154**-6

KBB_08_084

www.knickerbocker-bande.de

Ravensburger

Ravensburger Bücher

Thomas Brezina

Im Tal der Donnerechsen

Band 27

Vorsicht, Tyrannosaurier! Die Knickerbocker haben den superspannenden Auftrag, über einen neuen Dinosaurierpark im fernen Japan zu berichten. Am Anfang haben sie jede Menge Spaß, doch plötzlich drehen die lebensechten Dinoroboter durch und Axel verschwindet spurlos ...

ISBN 978-3-473-**47137**-9

Thomas Brezina

Das Gold des Grafen Drakul

Band 54

Achtung, Blutsauger! Ein neues Abenteuer führt die Detektive nach Transsilvanien. Die vier sollen einer Freundin bei der Schatzsuche im Schloss des unheimlichen Grafen Drakul helfen. Plötzlich bricht der Handykontakt zu ihr ab und bei einem Rettungsversuch werden die Knickerbocker in der finsteren Burg eingeschlossen!

ISBN 978-3-473-**47128**-7

KBB_08_085

www.knickerbocker-bande.de

Ravensburger

DIE KNICKERBOCKER-BANDE

LESEPROBE

Der Mann war am schwarzen Tor der Karateschule stehen geblieben. Er trug lange Lederhandschuhe, deren Handrücken mit kleinen Metallplättchen bestückt waren, sodass sie jede Krümmung der Finger mitmachten.

Vor den zwei Stufen, die zum Tor hochführten, begann der Mann einen lautlosen Tanz. Er hob die Arme, winkelte sie ab, ließ sie mit geschmeidigen Bewegungen durch die Luft gleiten, erstarrte immer wieder kurz in einer kompliziert aussehenden Pose, um dann weiterzumachen.

Axel erinnerten die Bewegungen an Tai-Chi, das chinesische Schattenboxen.

Würdevoll, mit sehr geradem Rücken, stieg der Unbekannte schließlich die beiden Stufen hinauf. Langsam hob er die rechte Faust und schlug zweimal an das Tor. Mit dem Metall des linken Handschuhs kratzte er über das Holz, als wäre es das Fell einer Trommel. Ein Schlag mit beiden Fäusten, gefolgt von einem Sprung mit beiden Beinen, bildete den Abschluss. Was er da tat, klang so rhythmisch wie ein Schlagzeugsolo.

Der Mann erwartete wohl nicht, dass jemand öffnete. Er machte kehrt, ging wieder hinunter auf die staubige Straße und setzte seinen Weg mit den gleichen langsamen Schritten fort.

„Was hat er getan?“, flüsterte Poppi.

Lilo hatte nur eine Erklärung dafür: Das Klopfen und Kratzen musste ein geheimes Zeichen sein. Aber was bedeutete es? Für wen war es bestimmt?

Axel wippte unentschlossen vor und zurück.

„Ich … ich verfolge den Typen ein Stück!“

Die beiden Mädchen hatten Bedenken, aber Axel war nicht zu halten. Er verließ das Versteck und eilte die Straße hinunter in die Richtung, die der Mann eingeschlagen hatte. Nachdem er an der Karateschule vorbeigekommen war, beobachtete er, wie der Vermummte vor ihm nach rechts abbog.

Für einen Moment verharrte Axel und betrachtete das schwarze Holztor mit den goldenen Knöpfen.

Es blieb geschlossen. Dahinter herrschte Totenstille.

Sollten sich Lilo und Poppi darum kümmern! Er

durfte den Mann nicht aus den Augen verlieren. Mit großen Schritten jagte er ihm hinterher bis zu der Seitengasse, in die er verschwunden war.

Die einzigen Lichtquellen waren zwei steinerne, knapp einen Meter hohe Laternen, die den Eingang eines Hauses erhellten. Der Unbekannte schritt durch ihren Schein.

Axel ließ zwischen sich und ihm einen Sicherheitsabstand. Er wollte unter keinen Umständen bemerkt werden.

Lilo und Poppi hatten das Versteck in der Gasse verlassen. Seite an Seite bewegten sie sich auf den Eingang der Karateschule zu. Da Lilo unter dem Drachenkopf schwitzte, nahm sie ihn ab und trug ihn unter dem Arm.

„Was sollen wir jetzt tun?", fragte Poppi flüsternd.

Eine Windböe fegte durch die Straße, fuhr in die Fahne und wehte sie Poppi ins geschminkte Gesicht. Poppi erschrak, schlug danach, als wäre sie ein Angreifer, und riss daran. Es ertönte ein scharfes Ritsch und sie hielt den Seidenstoff in der Hand.

„He, ganz ruhig", sagte Lilo.

„Ich bin ganz ruhig!", verteidigte sich Poppi. Ihr Herz raste, aber das ging Lilo nichts an. Poppi hielt sich selbst oft für feige. Oder zumindest für sehr viel weniger mutig als ihre Knickerbocker-Freunde. Und sie schämte sich deswegen.

Die Mädchen erreichten das dunkle Tor. Aus den Ritzen oben, unten und zwischen den Torflügeln drang ein sehr dünner Lichtstreifen. Lilo warf einen Blick auf Poppis weißes Gesicht mit den roten Ringen um die Augen. „Bleib lieber hinter mir. Du siehst wirklich zum Fürchten aus!“

„Vor mir hat sich noch niemand gefürchtet“, bemerkte Poppi bitter und so leise, dass Lilo es nicht hören konnte.

Nachdem sie die Stufen hochgestiegen war, atmete Lilo tief durch. Sie machte sich wenig Hoffnung zu erfahren, was die seltsamen Klopfzeichen des Unbekannten zu bedeuten hatten. Sie wollte aber nichts unversucht lassen, mehr darüber herauszufinden. Also klopfte sie dreimal mit der Faust an die Tür. Der dicke schwarze Lack fühlte sich trotz der Wärme des Abends kalt an.

Auszug aus
„Der Meister der Dunkelheit“
von Thomas Brezina
Krimiabenteuer Nr. 66
ISBN 978-3-473-47130-0